colección alandar

El juramento de los Centenera

Lydia Carreras de Sosa

EDELVIVES

Dirección editorial:
Departamento de Literatura Infantil y Juvenil

Dirección de arte:
Departamento de Imagen y Diseño GELV

Diseño de la colección:
Manuel Estrada

Realización de cubierta:
Paco Sánchez

1ª edición, 4ª impresión, noviembre 2011

Carretera de Madrid, km. 315,700
50012 Zaragoza
Teléfono: 913 344 883
www.edelvives.es

ISBN: 978-84-263-6626-9
Depósito legal: Z-3564-2011

Talleres Gráficos Edelvives (50012 Zaragoza)
Certificados ISO 9001
Printed in Spain

El 0,7% de la venta de este libro se destina al Proyecto «Mejora de la Calidad y oferta educativa del ciclo diversificado del Instituto Tecnológico Quiché de Chichicastenango (Guatemala)», que gestiona la ONG Solidaridad, Educación, Desarrollo (SED).

FICHA PARA BIBLIOTECAS

CARRERAS DE SOSA, Lydia (1949-)
El juramento de los Centenera / Lydia Carreras de Sosa. – 1ª ed., 4ª reimp. – Zaragoza : Edelvives, 2011
188 p. ; 22 cm. – (Alandar ; 99)
«VII Premio Alandar»-cub.
ISBN 978-84-263-6626-9
1. Emigración. 2. Argentina. 3. Discapacitados psíquicos. 4. Relaciones familiares. 5. Investigación criminal. I. Título. II. Serie.
087.5:821.134.2(82)-31"19"

Novela ganadora del
VII Premio Alandar de Narrativa Juvenil

El jurado se reunió el 6 de septiembre de 2007.
Estaba compuesto por Pablo Barrena (crítico literario),
Martín Casariego (escritor), José Manuel Gómez Luque (editor),
M.ª José Gómez-Navarro (editora y presidenta del jurado),
Luisa Mora (bibliotecaria) y Andrea Villarrubia (profesora).

A Edu,
mi esposo hace 37 años.

Esta historia está basada en hechos ciertos.
Los nombres son ficticios y también han
sido modificadas algunas circunstancias
para proteger a personas reales.

UNO

La voz de mi hermano sonaba más rogativa que convincente frente al dueño de la casa que lo miraba desde arriba con la cabeza ladeada porque era muy alto, los brazos cruzados y las piernas separadas. Yo estaba allí parado entre los dos, bien peinado para atrás, con el pelo mojado para que pareciera limpio.

—Cámbiate la camisa, toma —me había dicho Francisco alcanzándome una suya que me quedaba enorme—. No lo mires fijo a los ojos, pero tampoco claves la mirada en el suelo porque no eres un sirviente. Necesitas trabajar, que es distinto, ¿me entiendes? —me advirtió antes de salir de casa para tomar el tranvía, el 30 creo que era.

«Casa» era una manera de decir, porque vivíamos en una pensión de mala muerte, más específicamente, en un cuarto de pensión de mala muerte y eso gracias a que a la dueña le dimos lástima con nuestra historia.

—Por lo menos estamos juntos hasta que consigamos trabajo y nos mudemos a algo mejor —había dicho Francisco entre esperanzado y prometedor—. Y a no quejarse —añadió como tenía por costumbre para terminar con cualquier desacuerdo.

Y volviendo a aquel momento, no necesitaba otro empleado don Juan Parelló, que así se llamaba el hombre que lo escuchaba, pero mi hermano tenía una carta del padrino del mejor amigo del hermano de la esposa de Parelló que le habían dado en nuestro pueblo antes de salir y, aunque estaba un poco arrugada, nos sirvió para ser recibidos.

Recuerdo que mi hermano dijo:

—El muchacho sabe hacer de todo. Es fuerte.

Bueno, esto no era enteramente verdad ni tampoco una gran mentira, así que no hice un solo gesto pero crucé los dedos para que no abundara en explicaciones, porque yo sabía de todo lo que hay que saber de curtimbre, porque lo aprendí en el taller de papá, allá en España, pero muy poco de cualquier otra cosa. En cuanto a fuerte, en verdad se necesitaba ser muy fuerte para levantar fardos de cueros de más de ochenta kilos, y si no se podían levantar se arrastraban o se empujaban hasta una mesa grande de hierro y madera. Sin embargo, lo cierto es que poca gente necesita un curtidor como empleado permanente y en su casa, para colmo. Porque eso es lo que Francisco estaba intentando venderle: mis servicios por casa y comida. Y algún dinerillo también, pero en todo caso, eso se podía conversar. El tema era aliviar el presupuesto.

Todavía hoy recuerdo la escena como si yo no hubiera participado en ella. Más bien, como una fotografía la recuerdo. Un patio encerado de mosaicos con arabescos y techo de vidrio, muchas plantas, varios sillones de mimbre, una criada con uniforme que daba vueltas por allí mirando a Francisco de reojo, y nosotros tres de pie. Mi hermano, fuerte pero bajito, con el brazo extendido, la mano sobre mi hombro como diciendo: «Yo de éste doy fe». En esa imagen veo mi espalda derecha y el mentón apuntando hacia adelante y, cosa rara, siento sus dedos sobre mi hombro.

Aquí, sobre el hombro derecho los siento.

Don Juan, fornido y con abundante cabello entrecano, se restregaba la nuca con la mano y luego el mentón y otra vez la nuca. Probablemente, estaba arrepentido de haber aceptado hablar con nosotros y buscaba la manera de sacarnos de encima sin ofendernos. No nos necesitaba. Él tenía negocios agropecuarios y de eso se encargaba gente especializada y Blas, su hombre de confianza. Por otro lado, como amaba los caballos, en los fondos de la casa tenía una caballeriza, y un chico un poco más grande que yo hacía lo necesario allí.

Con mi hermano habíamos acordado no pedir por favor. Él me presentaba, ofrecía mis servicios y, si me aceptaban, bien, si no, buenas tardes.

Pero en mi imagen fotográfica, que también tiene sonido, Francisco estaba rogando.

Su voz, rogaba.

—Quince días a prueba —ofertó mi hermano tratando de llegar a un acuerdo.

Don Juan achicó los ojos y sonrió ante la audacia.

—Está bien —dijo y sellaron el trato con un apretón de manos que no me incluyó.

Me quedé esa misma tarde, aunque no había llevado mis ropas para no parecer arrogante. Francisco dijo que no valía la pena pagar un billete de ida y otro de vuelta de más, y que él mismo por la mañana me haría llegar o me traería lo que hiciera falta. Posiblemente, lo hizo para no dar lugar a que el hombre cambiara de opinión.

Me quedé sin saber qué responder porque yo quería tener una charla final con mis otros hermanos, pero don Juan llamó inmediatamente a la criada y le dijo que me llevara adentro para mostrarme la casa y mis obligaciones.

Lo poco que Francisco me quería decir lo resumió con un guiño de triunfo, un levantar de sus cejas como advertencia y un palmazo sobre mi espalda que no llegó a ser abrazo. No es que no tuviéramos ganas de abrazarnos, pero éramos torpes para esas demostraciones y nos avergonzaba saludarnos con algo más que un topetazo o un fuerte apretón de manos. La criada, que se llamaba Encarna, me indicó el camino con una sonrisa y ése fue el único gesto amable que me dispensó durante bastante tiempo. A don Juan lo vería en contadas ocasiones durante el primer año y a mis hermanos, cada quince días, los domingos por la tarde.

DOS

Seis hermanos éramos, dos mujeres y cuatro varones, todos de apellido Centenera, y llegamos al mundo en este orden: primero, Lupe; luego, Francisco; Josep, que soy yo; María y, por último, los mellizos Salvador y Domingo.

Cuando el hambre arreció en la aldea donde vivíamos, mis padres decidieron, animados por muchos otros, dejar la tierra y venir a la Argentina, donde se podrían hacer ricos si trabajaban duro. Además, había otro ingrediente, pero esto pocos lo saben hoy y muy pocos lo supieron en aquel momento: Francisco tenía unos dieciséis años y había posibilidades de que lo llamaran a la guerra de Melilla. Estábamos en 1905. En realidad, si duraba lo suficiente nos acabarían por llamar a todos, pero Francisco sería el primero. Con mi padre no había peligro de que lo reclutaran porque se había quedado sordo después de trabajar durante años en las canteras.

Muchos años después, descubrí que mi madre, con la debida antelación, había hecho falsificar el documento de Francisco a través de un primo que trabajaba para un juez. Hoy esa falsificación resultaría burda pero, en aquellos tiempos, de haber sido necesario, podría haber pasado como buena. Digo de haber sido necesario, porque partimos antes de que mi hermano cumpliera los dieciocho.

Comenzaron entonces los preparativos que duraron alrededor de un año. Hubo que desarrendar las tierras, vender las dos vacas, pagar las deudas —porque, si no, no te vendían el pasaje— y ponerse en contacto con algunos paisanos que ya estaban afincados aquí para que te consiguieran, por lo menos, el lugar donde pasar el primer mes y, si se podía, un trabajo o alguien ante quien presentarse.

Había en todos nosotros un ansia, desmesurada quizás, por salir de aquella pobreza y convertirnos en personas diferentes, como todos nos decían que sucedería. Soñábamos, o al menos soñaba yo, con que mamá se dedicase sólo a las cosas de la casa y no trabajara la tierra desde el amanecer, que papá no tuviera que contar las monedas con aquella expresión de impotencia frente a un ruego de mamá, con estudiar soñábamos y con tener amigos. Al mismo tiempo, abrigábamos una nostalgia anticipada por aquellas montañas que nunca más veríamos y por el aire salino que nos traía el viento cada día.

Las cosas no ocurrieron como las planeamos.

Por aquella época, llegó al puerto un barco cargado de marineros que, antes de serlo, debieron de haber estado en prisión. Cada tanto ocurría que un capitán reclutaba su tripulación en las cárceles. Esos hombres traían consigo no sólo malas costumbres sino también enfermedades. En esa ocasión, trajeron la temida viruela. Varias personas, no sé exactamente cuántas en nuestra aldea, enfermaron, en especial las que tenían algo que ver con el puerto. Papá retiraba de allí sus aceites, tintas y ungüentos para la curtimbre y debió de haber sido de esa manera como se contagió.

Y luego, inmediatamente, mamá.

La viruela no dejaba muchas salidas. Pero, al menos, era rápida. Altísimas fiebres, vómitos, diarreas, pérdida de la conciencia, y la muerte sobrevenía sin darte tiempo a que llegara el cura. Al menos, así fue con ellos. Y, si bien en aquel momento, el espanto y la pena nos paralizaron, hoy, con alguna perspectiva, digo que fue mejor así porque un proceso lento nos hubiera matado a todos. Literalmente, quiero decir.

Nos sentíamos muy desgraciados porque no teníamos parientes y la religión nunca había formado parte de nuestras vidas. Nos ayudábamos entre nosotros y tratábamos de no llorar todos al mismo tiempo porque había que poner en orden el taller de papá y, por otro lado, si no sacábamos las verduras de la huerta y las cocinábamos, sencillamente no comíamos. De hecho, eso fue lo que ocurrió durante varios días hasta que, de a poco, comenzamos a recuperarnos.

Una noche, algunas semanas después de la muerte de mamá, Francisco dijo que estaba considerando la posibilidad de que viajáramos solos. Nos cuidaríamos unos a otros y no nos faltarían las oportunidades de mejorar. El dinero para los pasajes estaba, pero él quería contar con nuestra voluntad. Dijo también que eso es lo que habrían querido nuestros padres y que el peligro de que nos llamaran a combatir seguía en pie. Votamos afirmativamente por varias razones: era nuestro hermano mayor quien nos hablaba, necesitábamos que alguien nos señalara hacia dónde marchar y deseábamos creer que no había llegado el fin del mundo.

Fue por esos días cuando apareció de visita don Segismundo Tienda, el dueño de las tierras que nuestra familia trabajaba. Era un verdadero miserable que cobraba unos intereses astronómicos a mis padres cada vez que se atrasaban en los pagos. Vivía como una rata en una cueva inmunda, jamás arrojaba la basura y no se cambiaba la camisa todas las semanas como nosotros. Pero era rico y soberbio y se atrevió a pedir la mano de Lupe. Por supuesto, en este caso, respetuosamente se dirigió a Francisco que era el varón de más edad en la familia.

Me inclino hoy a pensar que ya se había atrevido antes a conversar con mi padre del tema y que éste no le había dado su consentimiento. Y se equivocó al creer que con Francisco la cosa le saldría más barata.

Mi hermano aborrecía a don Segismundo tanto como nosotros porque, además de las razones que ya he enumerado, se quedaba con el ochenta por ciento del fruto de la tierra sin hacer nada, y nuestra familia, formada hasta hacía poco por ocho personas, vivía con más dignidad y limpieza que él.

Y también, debo ser franco, porque él seguía vivo y mamá y papá habían muerto.

—Hoy vino don Segismundo Tienda —comentó esa noche Francisco mientras cenábamos, y sin mirar a nadie en particular.

—No le debemos nada, que yo sepa —dijo Lupe acercando el cucharón a un plato, pero mirando a Francisco.

—No es dinero lo que quiere. —Y agregó en voz baja con los dientes apretados—: El muy cerdo.

Durante un rato todos comimos en silencio. Lupe corregía con la mirada al que se limpiaba con la manga o masticaba con la boca abierta.

Al cabo, Francisco dijo:

—Quiere casarse.

—Primero se tendría que bañar —se rio Domingo echándose para atrás en su silla y los demás lo seguimos con algunos cuchicheos de mal gusto y más carcajadas y patadas por debajo de la mesa.

—¿Con quién? —preguntó en voz baja Lupe, la vista en su plato.

—Lo mandé a paseo, no te preocupes por nada.

—Francisco —dijo Lupe, terca pero sin levantar la voz.

—Por nada te dije, Lupe. Esa basura no vuelve a poner los pies en esta casa.

—Francisco, quiero saber qué te dijo.

De a poco, con excepción de María que nunca se daba cuenta de nada, todos habíamos dejado de reírnos y comenzamos a prestar oídos a la discusión entre Lupe y Francisco. Fue amarga. Triste. Se gritaron uno al otro olvidándose de nosotros, olvidándose de mamá y papá, que jamás les habrían permitido hablarse de esa manera.

—Puede que no sea tan malo —se defendió mi hermana cuando recobró la calma y logró ser escuchada—. Es un hombre rico y debe de querer hijos. Además, yo siento que no quiero marcharme de estas tierras. Tengo derecho a elegir.

Le dijo mi hermano, mientras todos mirábamos con las cucharas suspendidas a mitad de camino entre plato y boca, que por qué se tenía que conformar con algo tan malo, que en Argentina habría muchas oportunidades de casarse con algún joven dispuesto a trabajar y a tener una buena vida, y que también habría hijos y que nosotros la necesitábamos más que ese viejo sucio, hediondo y andrajoso, y que quién se haría cargo de María, y muchas otras cosas le dijo y nosotros, los más chicos, asentíamos sacudiendo la cabeza a cada palabra suya.

Fue inútil.

Al día siguiente, Francisco, porque era a él a quien correspondía, fue a buscar a don Segismundo Tienda a su covacha y pasó por la humillación de decirle que Lupe estaba dispuesta a ser su esposa. Para desquitarse añadió, esto por su propia cuenta, que Lupe sería feliz con una casa más grande, mejor ventilada y con paredes encaladas, que, como condición indispensable, el matrimonio se llevaría a cabo dos meses antes de embarcarnos porque él no dejaría a su hermana soltera y a la deriva sin saber qué sería de ella y, finalmente, que como Lupe sabía leer y escribir, esperaba que no le impidiera comunicarse con nosotros. A todo accedió el novio y no habiendo más motivos de disputa, acordaron una fecha.

He borrado de mi mente los preparativos de la boda, la ceremonia en la iglesia y la celebración sencilla y austera, esto último porque así quiso Lupe que fuera. Supongo que estaba vestida de blanco porque se casó por la iglesia y, si fue así verdaderamente y no me lo estoy inventando, supongo que Francisco la entregó, porque así era y es la costumbre; que luego fuimos a la casa nueva del esposo y supongo también que debimos de haber bebido, probablemente de más, y abrazado a nuestra hermana y lagrimeado un poco a la hora de marcharnos. Son todas suposiciones porque mi cerebro guardó todo lo que ocurrió en la boda de Lupe cuidadosamente en alguna caja bien sellada que no me permite abrir ni siquiera hoy, cuando ya no tiene mayor importancia.

Como quiera que haya sido, partimos sin Lupe dos meses después de su boda. Hoy pienso que ese plazo de dos meses fue para darle tiempo a ella a arrepentirse. No era lo acostumbrado ni mucho menos; en realidad, habría sido prácticamente un escándalo, pero con Lupe a nuestro lado, no hubiera pasado lo que pasó.

Ella vino a despedirnos del brazo de su esposo con los ojos secos y una sonrisa. No necesitaba llorar para que supiéramos lo desgraciada que se sentía. Un día antes, había estado en nuestra casa, a escondidas de su marido, y nos habíamos abrazado y dicho mil veces cuánto nos queríamos y las mil cartas que nos enviaríamos. Nos había dado algunas recomendaciones sobre cómo tratar a María y qué hacer con ella según se presentaran distintas situaciones.

Pero en aquel momento, con el barco a punto de zarpar, don Segismundo Tienda no la soltó un momento ni la dejó hablar a solas con nosotros, aunque debo decir a su favor que se había cambiado la camisa y afeitado decentemente. Nos abrazó a cada uno con torpe efusividad y se sonó varias veces la nariz, pero hasta María se dio cuenta de que estaba contento. Confiaba en no volver a vernos.

TRES

En casa de don Juan Parelló se vivía bien, aunque yo pasé las primeras semanas recibiendo órdenes de todo el mundo, pocas muestras de afecto, la ración justa y alguna que otra injusticia. De esto se ocupaba Imelda, la cocinera, que decía recibir instrucciones directamente de don Juan y se creía la dueña de la casa porque estaba allí desde hacía más de veinte años, cuando don Juan había enviudado.

—¿Terminaste de pulir los herrajes y el timbre de la puerta de la calle?

—Sí, señora Imelda.

—Pues yo no creo que hayan quedado muy bien. No escuché que sonara el timbre ni una sola vez.

—Puse cuidado porque era la hora de la siesta. Vaya y mírelo.

—No me desafíes, mocoso del infierno, atrevido. Quiero que vayas y hagas el trabajo de nuevo. ¡Ahora!

Esta vez me encargué de que el timbre sonara convenientemente, sin cesar.

Los días en casa de don Juan Parelló comenzaban temprano. Al alba prácticamente, con el puño de Encarna, la criada, golpeando con fuerza la puerta de mi habitación para anunciarme que era hora de trabajar. Llegué a odiarla tanto que me despertaba a tiempo para saltar de la cama y abrir con una sonrisa en el preciso momento en que levantaba el brazo para el golpe. Hubo un tiempo en que, tanto para ella como para mí, ese instante en el pasillo oscuro y frío se convirtió en una obsesión. Una obsesión que me hacía descansar mal de noche o levantarme veinte minutos antes para estar listo y frustrarla, y a ella envolverse los pies en trapos para que no la oyera bajar las escaleras. Si yo ganaba —porque de eso se trataba en esa pequeña guerrilla miserable, de ganar o perder—, la mueca que conseguía instalar en su cara me hacía pensar que todo iría bien durante el día. Después supe que a ella le pasaba lo mismo.

El tema se comentó entre los criados y comenzaron a hacer apuestas. Para organizarse, instalaron una pizarrita en el patio donde anotaban los tantos. Los que estaban a favor mío, o fingían estarlo para aumentar la diversión, sacudían el puño cerrado cuando yo me iba a la cama para darme confianza y demostrarme su apoyo.

Sin embargo, Encarna llegó a transformarse con el tiempo —por esas cosas del destino— en una amiga, en un soporte para esa vida mía.

Un día, aquella lucha estúpida perdió sentido, si es que alguna vez lo tuvo, claro.

Encarna fue la primera persona a la que le conté lo que ocurrió con mi hermana María.

Fue una tarde, a la hora de la siesta. Rodeado de zapatos y botas, yo estaba sentado en el suelo del patio de atrás, quitándoles el barro después de varios días de lluvia, para luego lustrarlos. Era un trabajo ingrato y tedioso, y estaba muy malhumorado mientras acomodaba el calzado en una hilera que alcanzó, me atrevo a recordar, los cinco metros. Parte de mi malhumor se debía a que sabía que el trabajo se lo habían encargado a alguien más, pero cada uno lo había ido delegando en otro hasta llegar a mí. No me podía quejar. Yo habría hecho lo mismo.

Entonces, apareció Encarna con un taburete y, en silencio, se sentó a mi lado. Colocó un paño sobre su falda, sacó un cuchillo romo pero de buen filo para despegar los costrones de barro y se puso inmediatamente a trabajar.

—¿Y tu familia, Josep? —preguntó saltando por encima de nuestras mezquindades de cada madrugada.

Yo bajé mis armas también. Estaba cansado de pelear.

—Todos consiguieron trabajo. Francisco está de albañil en una obra muy grande, Domingo en el puerto y Salvador limpia en una casa. No es lo que les gusta pero...

—Pero ya conseguirán algo mejor, seguro —completó Encarna—. ¿Cuántos son ustedes?

—Seis. Cuatro varones y dos mujeres. Mi hermana Lupe se casó, antes de que viajáramos, con el dueño de las tierras que mis padres arrendaban.

Le conté sobre mis padres, sobre nuestro cuñado y nuestras esperanzas. Encarna me escuchó sin interrumpir y sin mirarme. Sólo hacía algún gesto de asentimiento cada tanto sin perder su concentración en la tarea.

Tendría unos veinte años Encarna, y trabajaba en casa de Parelló desde los siete, lo que la situaba en un escalafón inalcanzable, incluso por encima de Imelda.

Tenía cabello negro, lleno de rizos, siempre atado. Sus lindos ojos eran verdes. Hoy podría ampliar la descripción. Parecía una típica mujer renacentista: grandes pechos y caderas, muslos generosos, tobillos finos. No sé por qué no percibí la fuerte feminidad que escapaba de aquella mujer, teniendo como tenía yo catorce o quince años. Con el tiempo, mil veces morí por ese tipo de dama pero, en medio de la tormenta por la que atravesaba mi vida, evidentemente yo no estaba en condiciones de liberar mis hormonas todavía. Y ella, por supuesto, actuaba como cualquier adulta con un muchacho.

En un momento dado, mientras me alcanzaba una bota a la que yo le había dejado un costrón de barro en la suela, dijo:

—Pero me falta una niña, Josep.

Sentí que me quedaba sin aire.

—Sí. María. Ella también se quedó. Para hacer compañía a Lupe.

—¡Qué bien lo hizo! De haber venido, seguro estaría fregando para ustedes cuatro, la pobrecita.

La miré para saber si estaba enojada, pero ella seguía trabajando sin cambiar el ritmo ni la expresión. Era nada más que su forma descarada y radical de opinar sobre todo.

Cuando terminamos, llevamos el calzado a los botineros de cada habitación. Era la primera vez que yo entraba en la casa y también que entraba en una casa como ésa. Apenas si había estado en la cocina un par de veces y logrado vislumbrar el comedor cuando la cocinera salía o entraba con la bandeja empujando la puerta rebatible con el trasero. Encarna me condujo con naturalidad al segundo piso, donde estaban los cuartos, y me enseñó cómo y dónde se ordenaba el calzado. Luego bajamos, barrimos el patio, guardamos el cajón de lustrabotas y ella trajo dos tazas de mate cocido con pan y nos sentamos a comer.

—Es mentira —dije.

—¿Qué cosa es mentira?

—Lo de mi hermana María.

—¿Ajá?

—Viajó con nosotros.

Encarna me miró.

—¿No se quedó con Lupe?

Esperó a que yo me animara a continuar, sin agitarse ni mostrar ansiedad ni tampoco un interés inusitado. Solamente permaneció quieta, esperando.

—No. María se perdió en el barco. Nunca la volvimos a encontrar.

La taza de mate cocido de Encarna cayó entre nuestros pies.

CUATRO

A los doce, cuando partimos, María era tan alta como Francisco. Esta hermana mía era sana, fuerte y estaba siempre de buen humor. Era bonita a su manera, con su hermoso cabello castaño lleno de rizos y sus enormes ojos negros.

Había nacido sin el dedo pulgar de la mano izquierda pero mamá, en vez de desesperarse, dijo que era una suerte que la derecha estuviera completa. No obstante, a las pocas semanas de vida le fabricó un dedo con restos de cuero de la curtiduría de papá que, sujeto con una especie de arnés a la muñeca, podía utilizar como si fuese una pinza. No era mucho el uso que le daba en ese momento, pero mamá sabía que más adelante le sería imprescindible. Trabajó duro en ese proyecto. Tenía varios dedos de repuesto para cambiárselo todas las veces que fuera necesario, porque le importaba que la niña estuviera siempre limpia. También estaba atenta al crecimiento porque —como le explicaba a mi padre sin importarle que éste meneara la cabeza con los párpados cerrados— los dedos de una niña de dos años no son los de una de doce. Aquellos aparatos ortopédicos, inventados por el amor de mi madre, y supongo que no demasiado diferentes a los que un médico podría haber imaginado, eran totalmente artesanales y cada vez más anatómicos porque pasaba horas estudiando los movimientos de sus propios dedos y ensayando diferentes alternativas. También las cintas con que los sujetaba a la muñeca terminaron siendo muy finas, suaves y del color de la piel porque lijaba los trozos de badana, después de cortarlos en tiras finitas, hasta que parecían hechos de seda y, luego, importunaba a papá hasta obligarlo a crear un tinte igual al color de la piel de mi hermana. No diría que eran invisibles, pero estaban cerca. María se los dejaba poner sin resistencia y jamás preguntó por qué ella era la única que los usaba.

Todo ese trabajo impidió a mamá ver que María era retardada. O quizás sea sólo una manera de hablar. Quizás no le impidió ver nada. Sólo decidió ocuparse de lo que tenía remedio y seguir para adelante. María nunca superó la edad mental de los cuatro años, no caminó hasta que cumplió ocho y tenía dificultades para hacerse entender. No con nosotros, naturalmente, pero sí con el resto de la gente, cosa que no significaba un gran problema porque casi no teníamos amigos y ningún pariente. Por supuesto, nunca fue a la escuela pero, gracias a la paciencia de mamá, reconocía las letras que formaban su nombre y hasta sabía ponerlas en orden. Lupe se las recortaba en telas de colores de prendas en desuso y papá les ponía un trozo de cuero por detrás. A veces, le agregaban alguna otra que no correspondía y, después de un momento de confusión, María siempre la retiraba y todos aplaudíamos.

Pero, de pronto, tuvimos que manejarnos con María sin intermediarios. Mamá estaba muerta y Lupe, casada. Ésa era la realidad. Ella se quedó sin los ojos vigilantes y las órdenes claras de sus dos mentoras y comenzó a hacer lo que le daba la gana. Una mañana, cuando todavía estábamos los cinco en casa y Lupe casada, encontramos a María durmiendo debajo de la mesa con los dos perros. Ella explicó con toda sencillez que nadie le había indicado que se desvistiera y se metiera en la cama. Para mi hermana se habían acabado los rituales, las rutinas que daban sentido a su vida, las pequeñas cosas que permitían que ella funcionara casi con normalidad, de la forma más parecida a la nuestra. Con mamá y Lupe era distinto. La dominaban con el gesto y, a veces, sólo con la mirada. Tenían sus códigos y los varones de la casa habíamos quedado fuera de ellos. Papá, porque nunca quiso aceptar la realidad, y nosotros, porque éramos chicos y no se esperaba que asumiéramos nada. Simplemente nos alineábamos detrás de él.

Nosotros, los varones, dábamos por descontadas demasiadas cosas con María. Claro que no esperábamos que cocinara, pero nos llevamos algunas sorpresas. Tuvimos que explicarle que debía cerrar la puerta cuando estaba en el excusado, que no debía cambiarse los calzones delante de nosotros ni dejar salir todo tipo de ruidos en la mesa. Nunca supe cuánto había de picardía y cuánto de absoluta inocencia en su conducta. Los mellizos, Salvador y Domingo, se reían, pero Francisco advirtió rápidamente el problema y decidió usar autoridad y mano fuerte hasta tanto encontrara una nueva forma de comunicarse. Pasó mucho tiempo antes de que entendiéramos lo pesado que debió de ser para él hacerse cargo de todos nosotros con sólo diecisiete años.

Recuerdo una noche, poco antes de partir, en la que me desperté para salir al baño y lo vi sentado a la mesa de la cocina, con la cabeza hundida entre los brazos. Me acerqué muy despacio. Se había quedado dormido. Sobre la mesa había varios trozos de cuero, unas tijeras y los dedos de María.

Sabíamos que el viaje con ella sería una prueba de fuego. La casa, aún cuando ya Lupe se había casado, actuaba de dique de contención para sus berrinches y travesuras, pero un barco enorme lleno de gente, con ruidos, bamboleo constante, comida extraña, varios idiomas o dialectos, era otro mundo. Sabíamos que sería difícil, pero no imaginamos cuánto.

Me viene a la memoria un día cuando ya habíamos cumplido un mes a bordo.

—Josep, no le quites el ojo de encima a María —me ordenó Francisco acercándola de un brazo hasta donde estaba yo sentado.

—¿Adónde vas? —pregunté.

—Voy a hablar con un grupo de catalanes de Mataró. Quizás puedan ayudarnos.

María intentó salir tras Francisco pero yo la sujeté con fuerza y después de un rato se resignó a quedarse conmigo. Sentada a mi lado parecía una niña como todas. Le tomé una mano y le conté lo que imaginaba que sería nuestra vida. Le hablé de una casa, de trabajo para todos y de una escuela. Luego, arranqué con un cuento porque había que cambiarle de temas con frecuencia. No conseguía poner atención a nada durante más de diez minutos.

De pronto, ella dio un tirón, se soltó de mi mano y salió corriendo. En el arranque, no vio a dos cocineros que estaban transportando una bandeja de carne con patatas y verduras, probablemente a otro piso. La bandeja era enorme y la llevaban asida entre los dos con visible esfuerzo. No llegaron a chocar, pero el movimiento que hizo uno de los hombres para esquivar a María hizo que perdiera pie, que la bandeja se inclinara, que la comida patinara por cubierta y que yo deseara morir en aquel preciso instante.

Alcancé a mi hermana antes de que se me perdiera entre la multitud. La reprendí duramente y, esta vez, enlacé mi brazo con el suyo utilizando mi cinturón de cuero mientras rogaba que Francisco regresara pronto. No sabía qué hacer con ella.

Había, por suerte, alguna gente a bordo que nos ayudaba. Por ejemplo, una señora llamada Elisa Retamero, viuda de Caballero, que parecía entenderse con María. Me refiero a entenderse «hablando». Ella entendía lo que decía mi hermana y solían tener conversaciones sencillas que a María le encantaban. Era una viuda que viajaba, con cuatro o cinco hijos de edades parecidas a las nuestras, a casa de un cuñado que le había ofrecido protección al enterarse de la muerte de su hermano. Yo había oído parte de una charla de la señora Elisa con otra mujer y estaba claro que no le hacía mucha gracia ir a vivir a casa de su cuñado, porque sabía que no sería ella quien pondría las reglas ni tomaría decisiones de ningún tipo, pero aceptaba con resignación su suerte y agradecía que, al menos, tuviera dónde ir. Su esposo, un farmacéutico poco previsor, había muerto repentinamente dejándola en la calle, o poco menos.

Dos de sus hijos disfrutaban jugando con María. Los demás se burlaban de ella, pero nosotros, siempre y cuando no se pasaran de la raya, hacíamos la cuenta que no veíamos nada porque decidimos que no se podía vivir peleando. Ya nos habíamos acostumbrado a las risitas de los más jóvenes a nuestras espaldas y a las miradas de curiosidad y compasión de los mayores.

Una señorita llamada Candelaria Blanco también nos ayudaba. Se sentaba al lado de María y tejía y bordaba. Movía la aguja de crochet con lentitud y relataba pausadamente lo que hacía una y otra vez, hasta que María, hechizada por su voz, empezaba a repetir de memoria los puntos.

Otra persona que nos ayudaba era don Timoteo Laguna. Era un pastor evangélico y llevaba a todos lados su Biblia con tapas de cuero tan blanditas que, a veces, podía doblarlas como si fueran una revista. Tenía unos enormes bigotes negros pero el resto del pelo era blanco totalmente. Era muy alto y tenía un vozarrón tremendo que podía llegar hasta el susurro cuando hablaba con alguien en particular. Un extraordinario dominio de la voz que usaba para captar la atención. Predicaba todo el tiempo a todo el mundo. No quería hablar de otra cosa que no fuera de religión y alguna gente, a medida que pasaban los días, lo rehuía.

Tenía sus tácticas don Timoteo. Buscaba en cubierta con la mirada a alguna persona con quien no hubiera hablado ya y, cuando la localizaba, esperaba, acechaba, diría hoy, hasta que la veía distraída, sola preferentemente. Entonces, se acercaba despacio, se ubicaba cerca y comenzaba a hablar del tiempo, de los planes de cada uno, de las familias y esas cosas. El que no lo conocía, picaba enseguida porque don Timoteo tenía una presencia serena y tranquilizadora. El individuo elegido comenzaba a hablar de sí mismo y encontraba una buena oreja. Sin embargo, la dicha no duraba porque el objetivo era siempre, y por encima de cualquier otro, llevarle la Palabra de Dios y que se arrepintiera de sus pecados.

El pastor encontró en María un desafío. Nosotros le habíamos contado que jamás habíamos ido a la iglesia y que, por supuesto, no estábamos bautizados. Él, en cualquier caso, se ofreció para contar a María algunas historias bonitas. No nos pareció que hubiera peligro alguno en ello, y además María se embelesaba con la voz de don Timoteo, pero no entendía las parábolas, así que no conseguiría convertirla a nada. El pastor, sin embargo, nos dijo que ella llegaría a escuchar a través de su mensaje la voz del Espíritu Santo y sería salva por la eternidad. Le enseñó a inclinar la cabeza y a cerrar los ojos mientras él oraba y a decir «amén» después de él. A veces le tomaba las manos y le colocaba la suya sobre la cabeza para bendecirla con palabras que murmuraba sólo para ella. Un día, con lágrimas en los ojos, se acercó a nosotros acompañando a nuestra hermana, que venía sonriente, y nos dijo:

—María ha aceptado a Cristo como Señor y Salvador.

Después del primer momento de estupor, sonreímos también nosotros porque parecía, y seguramente era, una buena noticia. Papá nunca hubiera estado de acuerdo, pero nosotros dejamos que María escuchara bonitas historias de la Biblia durante el resto del trayecto.

A pesar de nuestros cuidados y de la ayuda que recibíamos de toda esta buena gente, cuando faltaba un solo día para llegar, María desapareció.

CINCO

Aquella tarde había baile de despedida. Los que viajábamos en tercera teníamos derecho a hacer una fiesta con música en la cubierta una vez cada tres semanas, pero aquélla era especial y participaron todos los pasajeros mayores de edad. Los chicos, oficialmente, debían permanecer a un lado, pero la verdad es que la alegría era contagiosa y, aunque fuera en los rincones, todos bailaban. Francisco habría podido bailar con alguna chica, que las había y muy lindas, pero prefirió no perdernos de vista.

La orquesta del barco estaba compuesta por pasajeros que eran músicos más o menos profesionales a los que se les hacía un descuento en el pasaje a cambio de colaborar con esos momentos de esparcimiento, tan importantes en los viajes largos. Tocaban principalmente música italiana y española y, si alguien quería cantar de buena voluntad, se aceptaba. No era necesario insistir mucho para que la gente se animara a salir a la pista improvisada. Algunos hasta llevaban sombreros o chales o zapatos especiales para la celebración. Había un gran jolgorio aquel día. La expectativa de la llegada era para casi todos el comienzo de una gran aventura y el fin de muchas penurias. Unos pocos, como nosotros, no tenían idea de adónde iban a ir a parar; otros tenían algún familiar esperándolos para alojarlos y darles trabajo, pero la sensación de nerviosismo nos recorría a todos por igual. Queríamos bajar de ese barco y comenzar una nueva vida. Dejar de hablar y soñar y comenzar a hacer.

En medio del estruendo y la algarabía, una señora, que bailaba muy cerca de donde estábamos, enganchó con el tacón los flecos de su mantilla y se cayó. Su esposo intentó ayudarla a incorporarse y cuando estaban los dos agachados, otra pareja de bailarines, que retrocedía sin mirar atrás, cayó encima de ellos y luego, otros dos. Se creó un momento de confusión donde algunos reían, otros gritaban y otros protestaban tratando de sacarse pies y manos de encima. Domingo se acercó para ayudar a una niñita que había quedado atrapada entre los que se habían caído y lloraba a moco tendido preguntando por su mamá. Francisco le tendió el brazo a un hombre para ayudarlo a levantarse y Salvador y yo caminamos encandilados hacia las trenzas deshechas de una rubia italiana que se acomodaba el vestido arremangado en la confusión.

Después de unos minutos de alboroto, todos estaban de pie nuevamente y los músicos arrancaron con otra pieza.

Cuando volvimos a nuestro banco, María no estaba.

La buscamos con la vista al principio, porque no podía estar muy lejos. Luego, deambulamos los cuatro con el cogote estirado entre los bailarines. Después preguntamos a varios, especialmente a los que no bailaban y a los músicos, pero nadie había visto a María. De haber estado allí mi padre, habría hecho parar la orquesta, se habría subido al escenario y desde allí dado la voz de alarma, pero nosotros éramos jóvenes y el susto nos paralizó, así que, en vez de hacer lo correcto, perdimos tiempo echándonos la culpa unos a otros por haberla dejado sola. Para cuando la noticia de la desaparición de María llegó al capitán y se difundió su descripción por los altavoces, ya habían pasado más de dos horas. El barco era muy grande y a todos lados entraba Francisco hecho un loco y escoltado por dos marineros para que no matara a alguien si llegaba a encontrar algo que no le gustaba. Los hombres nos daban palmadas de aliento y hasta algunas mujeres que no tenían niños se incorporaron a la búsqueda.

—Ya aparecerá, tranquilos —nos decían—. No puede estar muy lejos.

Las amigas de María, Candelaria y Elisa, buscaron separadamente por distintas partes del barco con idéntico resultado. Durante las primeras horas, nosotros cuatro estábamos aterrados pero la solidaridad de la gente nos sostenía. Varios marineros dividieron el barco en sectores y distribuyeron a la gente con instrucciones precisas de dónde no debían entrar y qué puertas debían permanecer cerradas por seguridad. La segunda requisa, en cambio, fue mucho más exhaustiva y el mismo capitán, un tal D'Onofrio, acompañó a la gente para que entrara en la sala de máquinas, en las bodegas, en las sentinas y en los calabozos que, por supuesto, estaban vacíos.

Cuando anocheció, el ánimo había cambiado. Los hombres estaban frustrados. ¿Cómo no encontraban a una niña escondida, no importa cuán astuta fuera? Claro que el barco era enorme, y la mayoría de ellos no tenían idea de cuánto hasta que empezaron a recorrerlo. Pero de todos modos una niña no es una rata, que de ésas sí habían visto varias.

Todo fue en vano. María había desaparecido.

Francisco fue a buscar al capitán. Le pidió que mandara hacer al médico de a bordo un escrito donde se estableciera el día, la hora y las circunstancias de la desaparición de María. El capitán le dijo entonces que ya estaba todo anotado en su bitácora. Mi hermano no sabía, no tenía por qué saberlo siendo apenas un muchacho, qué cosa era la bitácora y no pidió más información. Con el tiempo, supimos que se había cuidado muy bien el capitán de anotar nada sobre mi hermana.

Francisco también pidió una lista con los nombres de los pasajeros, sus edades y sus procedencias, cosa que el capitán se negó a proporcionarle. La lista la conseguiríamos mucho más tarde y por otros medios. De todos modos, mi hermano también le preguntó, ya esto por su propia cuenta, cuál era su opinión sobre lo que había pasado.

—¿Por qué no me dijiste que tu hermana era retardada? —contestó el capitán.

—Porque lo único importante es que se ha perdido —respondió Francisco.

—Estoy de acuerdo. Sin embargo, su comportamiento puede haberla puesto en riesgo.

—No entiendo —replicó Francisco terco.

—Quisiera encontrar las palabras para explicarlo mejor. ¿Deambulaba por el barco tu hermana?, ¿era una niña imprudente?

—¿Por qué dice usted «era»? —retrucó Francisco.

Con un movimiento de sus manos, el capitán intentó hacer desaparecer la palabra equivocada.

—Quiero decir, antes de esta situación.

—No. Deambula cuando puede, pero nunca lejos de nosotros.

—Sin embargo, aprovechó un descuido muy rápidamente, ¿verdad? ¿Hablaba con la gente?

—No, sólo habla con nosotros —respondió Francisco ignorando el verbo en tiempo pasado—. Y con un par de personas, todas muy buena gente.

Durante un rato siguieron las preguntas, casi todas del mismo tenor y con un solo objetivo: plantar en la cabeza de Francisco la idea de que María podía no estar escondida.

No fue sino hasta muy tarde, por la noche, que alguien lo dijo. En realidad, lo susurró. Y no es que no se nos hubiera ocurrido antes porque, en esos casos, uno siempre piensa lo peor, pero ponerlo en palabras fue como cuando un chorro de vapor revienta una cañería. El pavor se diseminó entre los pasajeros y cada padre tomó a su niño de la mano y se retiró a descansar. El capitán dijo que hiciéramos lo mismo. Él se encargaría de seguir buscando y nos informaría si había novedades.

—No se preocupen. ¿Adónde va a ir la niña? Tiene que estar por acá —nos aseguró con movimientos nerviosos.

Pero nosotros, ateridos por el frío y el viento filoso que nos cortaba la cara, nos quedamos dando vueltas y llamando a María una y otra vez hasta que nuestras gargantas enmudecieron. Yo pensaba que si estaba escondida mirándonos desde algún lugar secreto, al vernos tan desesperados, saldría y acabaría la pesadilla.

Tres marineros de guardia nos hicieron compañía. Eran corpulentos y tenían el pelo muy corto. Nos contaron historias de polizones imaginativos que habían cruzado todos los mares del mundo escondidos en los rincones más increíbles de los barcos. Y a la historia de uno se sumaba la de otro y cada quien, claro, le agregaba un condimento para no ser menos hasta que, disparada la inventiva, cada uno tenía apuro por contar su historia y superponía el comienzo de la suya con el final de la de su compañero, obligándonos a girar la cabeza de uno a otro. Y luego, un poco de empellones con esos brazos duros que parecían de madera, y un poco de risotadas por las exageraciones y algo de alcohol que tenían en una botellita plana en un bolsillo y que con un guiño nos dieron a probar, hicieron que pasara la noche más larga que recuerdo en mi vida.

Al día siguiente, el último del viaje, el tema de María parecía haberse agotado. Se hacía evidente que mi hermana no estaba a bordo después de la intensa búsqueda y no había nada que los compañeros pudieran hacer por nosotros, como no fuera ofrecernos sus condolencias, cosa que nadie hizo, al menos de forma convencional. No porque fueran desalmados, sino porque no sabían qué decir.

Nosotros cuatro estábamos como atontados. La desesperación, la impotencia, la absoluta indefensión que sufrimos en aquellas horas nos vaciaron de energía. Veíamos a los otros pasajeros reuniendo sus cosas, intercambiando objetos, ropas, saludándose por si acaso no se veían al bajar, y no nos dábamos cuenta de que transcurridas pocas horas estaríamos en tierra. Nunca, en los años que tengo de vida, volví a escuchar o leer algo como lo que nos pasó con María. Nunca. Aún recuerdo lo que sentí bajando la escalerilla del barco, al mirar hacia atrás y ver las barandas a las que nos habíamos asomado tantas veces, ahora vacías. Mis hermanos, tan acongojados como yo, arrastraban las maletas maltrechas, cabizbajos, sin volver la vista atrás. Miré a nuestro alrededor y busqué, no una cara expectante o una mano alzada dirigida a nosotros, porque nadie nos esperaba, sino al que pudiera haber puesto una mano sobre María, trazando una raya indeleble en nuestras vidas. Alguno de esos que ahora abrazaba lleno de emoción a sus amigos o parientes y recogía a sus niños y contaba sus maletas, o que levantaba el puño cerrado en señal de victoria por haber llegado. Alguno de ésos.

Con el tiempo, y cuando digo tiempo quiero decir muchos años, nos enteramos de que la compañía Lloyd de Londres, la aseguradora de la mayoría de los barcos que navegaban en el siglo XIX, había comunicado al capitán que si los allegados o familiares de la persona desaparecida no hacían una denuncia formal con diez testigos antes de descender del barco, no tendrían luego derecho a ninguna indemnización.

SEIS

No me arrepentí de contarle todo a Encarna, pero me preocupaba haber roto una promesa de silencio. Contarlo me sirvió para darme cuenta de que no me había olvidado de la cara de mi hermana, ni de la desesperación de los mellizos ni de los puñetazos que pegaba Francisco contra las paredes del barco. Tanto me forzaba a no pensar en María que temía haber borrado de mi mente absolutamente todo. Desde ese punto de vista, revivirlo fue un alivio. Hablar y que alguien me escuchara sin juzgarme, también. En cuanto a la promesa rota, Encarna juró que de su boca no saldría una palabra.

—Por mi madre muerta te lo juro —agregó para que la creyera, aunque yo hubiera preferido que la mamá estuviera viva para que el juramento tuviera más valor.

Después de aquella tarde, ya no hubo madrugadas antes de tiempo ni golpes en mi puerta del cuarto en el sótano y, si nos cruzábamos en nuestras respectivas tareas, Encarna me daba un golpecito en la cabeza y sonreía.

No fue sino hasta un mes después de aquella charla que Encarna me trajo una taza de mate al patio de atrás, donde estaban las caballerizas. Yo estaba frotando con un paño de lana la montura preferida de don Juan. Había conseguido, con una mezcla de tintes, darle al cuero un color azafrán muy bonito y me sentía orgulloso.

—Estuve pensando, Josep. En tu hermana.

—Me dijo Francisco que ha llegado una carta. Nos la leerá el domingo en casa —contesté distraído.

—La otra —insistió.

—Es la primera carta. No hay otra.

—Me refiero a tu *otra* hermana.

Solté el trapo de lana.

—Encarna, por favor.

—Encarna, nada. No deja de darme vueltas ese asunto.

Apuré el último trago de mate y le devolví la taza.

—Si Francisco se entera, me mata.

—En primer lugar, ¿quién es Francisco para que le tengas tanto miedo?, ¿Dios? Deberías preocuparte por cómo vas a vivir el resto de tus días si hacés como si esto no pasó.

—Francisco nos dijo...

Encarna me puso una mano sobre el antebrazo y buscó mis ojos.

—Tenés que saber qué fue de ella porque esa pregunta te seguirá para siempre. No tendrás descanso, no importa lo que te diga tu hermano. Y a él le va a pasar lo mismo.

—Me arrepiento de habértelo contado —le contesté sacudiéndome su mano—. Creí que me ayudarías. Además, ya tengo la respuesta a esa pregunta. La tuve dos horas después de que desapareciera.

—Te estoy ayudando, Josep. No entierres el asunto.

—No te metas más conmigo. Maldigo el momento...

Enterrar. Ésa es la palabra que había empleado Francisco.

—Enterremos esto —nos había dicho el día que entramos al cuarto de la pensión, una vez que cerramos la puerta—. Ésta es nuestra nueva vida y hoy es el primer día. No hablemos de esto con nadie y no lo hablemos entre nosotros tampoco de ahora en adelante. Hicimos lo que pudimos, ¿verdad? Salvador, Domingo, Josep, ¿hicimos o no lo que pudimos?

Todos asentimos, llorando.

—Bueno, con el tiempo lo iremos olvidando como cualquier desgracia.

Sorbiéndose los mocos, Salvador preguntó:

—Y a Lupe, ¿cómo se lo decimos?

—Esto va a ser un secreto entre nosotros cuatro y nadie más. No podemos cargar a Lupe con esta historia. Bastante tendrá con Tienda.

—¿Y cuando nos pregunte por ella?

No quiso mencionar el nombre.

—Yo me encargaré de contestar las cartas —prometió Francisco.

—¿Y si Tienda se muere un día y ella viene para acá?

Era implacable Salvador.

Francisco se sentó en la cama, cruzó las manos sobre la nuca y bajó la cabeza hasta esconderla entre las rodillas, y así permaneció hasta que por la ventana no entró más luz de la calle y nos quedamos a oscuras.

Nos acostamos sin hablar y sin más ruidos que el que hacían nuestros estómagos vacíos y algún que otro sollozo seco.

SIETE

Segismundo Tienda no es mal hombre —decía Lupe en su primera carta—. *Me ha comprado un vestido nuevo y dice que yo debería cocinar para un rey y no para un campesino como él. Exagera. Yo no soy una princesa y él no es un campesino. Pero me deja poner los muebles como a mí me gusta y ha comenzado a bañarse. Ha vivido demasiados años solo y eso no es bueno, porque a cualquiera se le olvidan los modales, pero no me quejo. Tiene voluntad y es agradecido. Ahora mismo se está tomando una cerveza caliente junto al fuego y me mira escribir. Él no sabe leer ni escribir porque nunca fue a la escuela pero, de alguna manera, se las arregló para aprender los números. «Es un águila», habría dicho de quien nos apretó durante años nuestro padre. Pero he dejado todo eso atrás y miro adelante.*

En la próxima carta quiero ver una línea de cada uno de vosotros para asegurarme de que no habéis olvidado cómo se sujeta el lápiz. María me dibujará una flor junto a su nombre, ¿verdad?

¿Por qué no me habéis contado cómo os ha ido en el viaje? Ha sido duro, demás está decirlo. Pero ya pasó. No escribáis de eso si os da pena. Ya me contaréis más adelante, si Dios quiere.

Estoy ansiosa por saber de María. Qué es lo que ha aprendido, si tiene amigos, si os da mucho trabajo lidiar con ella, esas cosas.

Esta carta de Lupe se parecía mucho a las otras cuatro que mandó durante el primer año. Ella no esperaba que nosotros le contestáramos para volver a escribir. Siempre parecía conforme con lo que había elegido, o con lo que le había tocado. Y quería saber de nosotros y, en especial, de María. Temía por ella. Y no le faltaban razones. Porque si no hubiera ocurrido la desgracia, habríamos tenido muchos problemas para llevar adelante nuestras vidas, pero eso es algo que puedo ver hoy, con la distancia. En aquel momento, nos llenaba de culpa que Lupe mandara dentro de sus sobres moldes para agrandar los dedos de María, de acuerdo a como ella suponía que estaba creciendo.

Francisco leía esas cartas en la pensión, después de cenar, los días que yo tenía libres. Era como un ritual. Las leía una sola vez, en voz bien alta y sin quebrarse. Luego, las plegaba dentro del sobre y las colocaba en una cajita. Fin de la ceremonia.

Nunca le preguntamos qué escribía en respuesta. A veces, lo veíamos luchando con el lápiz de albañil[1] que es

---

[1] Como el de carpintero, es un lápiz ovalado.

plano y no redondo, mordisqueando la punta, sacudiendo la cabeza. Inventaría, supongo. Jamás tuvimos la iniciativa de escribir nuestras propias cartas a Lupe. Teníamos edad para hacerlo, pero me inclino a pensar que era más fácil dejar que él se hiciera cargo de su primera promesa. Para no confundirse con tantas mentiras urdidas frente al papel en blanco, comenzó a anotar en una libretita. Creo que fue esa trama de embustes, cerrada y oscura, lo que con el tiempo le dejó esa mirada incierta y huidiza que lo acompañaría toda su vida.

Ya hacía un año y dos meses que estábamos en Argentina, y mis hermanos seguían viviendo en la misma pensión, sólo que ahora ocupaban una habitación más grande con lavabo y no tan lejos del baño como la primera. Los mejores cuartos eran los que estaban a mitad de camino, y sobre las galerías. Si estabas al lado del baño, las incomodidades propias de un excusado no te dejaban dormir y si estabas muy lejos, en invierno o los días de lluvia, era un castigo.

Francisco se acomodó como albañil y su patrón, un contratista italiano, lo elegía para todas sus obras y le pagaba horas extras. Domingo y Salvador se emplearon en la pensión para trabajar en lo que hiciera falta. Trabajo de mantenimiento, lo llamaríamos ahora. Al principio, fue a cambio de hospedaje y comida, pero luego mejoró. Domingo se ganó la confianza de la dueña, que lo puso a cargo de otra pensión que abrió en el centro y a su hija delante de los ojos. Con los años, llegaron a casarse y funcionaron bien.

Yo me sentía a gusto en casa de don Juan Parelló.

Un día, de casualidad, me vio en mi tarea de lustrar botas y observó que, una vez limpias y antes de embetunarlas, yo les pasaba un trapito húmedo en alcohol y luego pomada de sánsara.

—¿Para qué es eso? —preguntó agachándose a mi lado.

—Mi padre diría que para que duren cien años, señor.

—¿De dónde sacas esa crema?

—Traje un tarrito de España. Se muelen unas semillas de sánsara hasta que queda una pasta aceitosa, luego se la deja orear durante dos días al rocío y ya está.

Pensé en agregarle que también había que escupir la pasta en ayunas, pero tuve miedo de que no le gustara.

—¿Y por qué el zopenco que está en las caballerizas no lo sabe?

—No sé, señor. Quizás su padre no era curtidor.

—¿Te gustaría hacerte cargo de las monturas de mis caballos? Quiero decir, solamente. Basta de botas y esas otras cosas.

Me puse respetuosamente de pie para aceptar el ascenso.

—Con todo gusto, señor.

A partir de ese momento, vi a don Juan Parelló casi a diario. Aunque no de cosas personales, hablábamos a menudo: sobre caballos, sobre mi oficio y mis hermanos, esas cosas. Él preguntaba siempre, pero a mí no me molestaba contestar porque era un hombre prudente. Le enseñé un par de secretos sobre cómo lograr brillo y suavidad en el cuero, pero sólo un par, porque un buen curtidor, decía mi padre, es como una buena cocinera: nunca revela todo lo que sabe.

Después de un tiempo, don Juan me dijo que, si quería, los sábados por la tarde me podía ir con mis hermanos y volver el lunes por la mañana.

—Si quieres —me dijo—, si no, no.

A veces me trataba de tú y a veces de vos. Acepté con gusto, pero cuando empecé a ir a casa con más frecuencia fue imposible no ver que algunas cosas no estaban bien.

OCHO

Un mañana, Encarna se me acercó después del desayuno.

—Vendrá el mes que viene una persona que te conviene conocer, Josep.

—¿Adónde vendrá?

—A esta casa. Es un viejo amigo del señor Parelló. Un juez. Se llama Modesto Valero.

—Encarna, ¿para qué me cuentas esto? ¿Qué tengo yo que ver con un juez?

—Por lo de tu hermana María —me dijo en voz baja—. Se lo decimos y seguro que puede hacer algo. Es un hombre de mucha autoridad. No dejes pasar esta oportunidad, Josep. Se va a quedar unas semanas —advirtió.

—No quiero hablar de esto nunca más —le dije sin siquiera darme la vuelta.

—Tenés miedo.

—¿Por qué voy a tener miedo a un juez?

—A saber la verdad le tenés miedo, a tu hermano Francisco le tenés miedo. Pero ¿sabés una cosa? Yo no te voy a dejar en paz. Nunca, Josep, ¿me entendiste? Nunca. Esa chica, retardada y todo, merece algo más que estos cuatro hermanos cobardes que le tocaron en suerte.

Me di la vuelta con el puño listo para darle un golpe.

Pero Dios es grande. Ya se había ido.

Me acordé de que mi padre decía que a una mujer no se le pega nunca, «Me oíste, nunca», pero yo estaba furioso. Conmigo, con ella, con mi vida entera. Sentía una rabia sorda que me estallaba en el pecho y culpaba a Encarna. Nuestra relación se había enfriado desde aquella primera discusión en las caballerizas y esta conversación demostraba que mis temores de que ella volviera a la carga no eran infundados. Yo quería olvidar, de acuerdo con lo que Francisco nos había ordenado. Claro que algo no estaba bien dentro de mí y yo lo sabía, pero me las arreglaba para que no saliera a la superficie. Así les debía ocurrir a Salvador y a Domingo, seguramente. Todos con nuestras cargas a cuestas, pero bajo la sombra protectora de Francisco. Y él no sé a la sombra de quién estaba. De la de absolutamente nadie, probablemente.

Olvidar todo y salir adelante. Ésa era la consigna. No hablar de lo que nos lastimaba, trabajar sin quejarse y permanecer juntos. Esperábamos que el tiempo borraría de nuestra memoria tantas penas si manteníamos la vista fija al frente sin pestañear.

Sin embargo, las cosas sucedieron de manera muy diferente a como esperábamos.

Salvador enfermó, o enloqueció, y eso nos descolocó a todos.

Volver a buscarla no fue lo más difícil que he hecho en la vida, ahora que ha pasado tanto tiempo, pero en aquel momento sí lo era. Encarna no estaba enojada a pesar de todo lo que me había dicho; eran más bien mis palabras las que habían marcado una distancia que me costaba desandar.

Esperé una tarde después del almuerzo. Ella estaba de espaldas, regando unos geranios. Mejor para mí si no le veía la cara.

—Encarna, ¿cuándo viene el juez? —tenté la suerte, pero estaba decidido a pedir todas las disculpas que fuesen necesarias.

—Llega el lunes, después del mediodía —respondió como si hubiéramos estado hablando de eso un rato antes.

—Quiero hablar con él.

Encarna dejó la regadera en el suelo con movimientos muy lentos y cambió dos macetas de lugar.

—¿Qué pasó? —preguntó como al pasar.

—Salvador ha enloquecido. Hace meses que no duerme, aunque yo me acabo de enterar. Tiene pesadillas sentado en la cama, con los ojos abiertos. A veces, habla con María y, otras, me han contado que va por la calle preguntando a la gente si la ha visto.

Durante un rato, en voz casi inaudible, le conté las penurias que me habían estado ocultando mis hermanos, mientras ella me miraba en silencio asintiendo y negando alternativamente. Después me abrazó muy fuerte y mientras me palmeaba la espalda y me susurraba «Ya está, ya está, Josep», por primera vez yo pude soltar algo del terror, del desamparo y de la inmensa aflicción que había guardado dentro de mí durante tanto, tanto tiempo, y lloré en silencio hasta empapar su blusa.

El juez Valero llegó, tal y como me había dicho Encarna, en su propio automóvil conducido por un chófer con uniforme y gorra, y que además le abría y cerraba la puerta sin recibir más que un gesto.

Ochenta años le calculé espiando de lejos. Hoy, bajo una perspectiva más adecuada, digo que no tendría más de sesenta. Era alto, flaco y vestía enteramente de negro. Me impresionaron las cejas oscuras y peludas y los ojos pequeños que parecían clavar en su sitio al que estaba delante.

Me pasó al lado, cargando su propio equipaje, entró en la casa, saludó a Encarna muy afablemente y siguió hacia adentro desde donde ya se oía la voz regocijada de don Juan invitándolo a pasar.

Entonces, sobre el umbral de la puerta doble que daba al comedor y frente a su amigo que le esperaba con los brazos abiertos, se detuvo un segundo en seco y giró la cabeza. No me buscó con la mirada como alguien que ha visto algo extraño. Me enfocó directamente y achicó aún más los ojos, llenándome de un pavor repentino. Recuerdo haber pensado que podía o no estar dispuesto a ayudarme pero si, por esas cosas de Dios, se lo proponía, patearía al que se le cruzara en el camino.

Carraspeé. Dos veces.

—Soy Josep.

No supe qué otra cosa decir.

Él hizo un movimiento leve de cabeza y entró en el comedor a abrazar a su amigo.

Encarna, que había observado la brevísima escena, estaba muy satisfecha.

—Te vio, Josep. Eso hará más fácil todo. Yo ya hablé con don Juan.

—¿Le contaste sobre mi hermana?

Encarna, con los brazos en jarra, frenó en seco mi reproche.

—No empecemos de nuevo con los secretos. En primer lugar, porque es la única persona con la que he hablado de esto y, en segundo, porque ¿de qué otra manera, te pregunto, de qué otra manera íbamos a poder hablar con el juez?

Tenía razón.

Esa misma noche nos presentamos a él o, lo que fue mejor, él me mandó llamar. Me tomó de sorpresa y no tuve tiempo de ponerme nervioso. Encarna me guió hasta el escritorio de don Juan y abrió la puerta para dejarme pasar. Había olor a libros y a cera y también a un líquido para pulir madera. Un reloj sobre la pared marcaba ruidosamente los segundos.

Uno de los dos, no recuerdo quién, me indicó una silla con un gesto y yo obedecí en silencio. Tenía la garganta seca y tropecé dos veces con las patas de la silla.

El juez estaba de pie con el cuerpo inclinado sobre el escritorio, apoyado sólo en los dedos índice y pulgar de cada mano, la cabeza hacia abajo. Desde allí, levantó los ojos y me miró fijo un momento, sin sonreír.

—Josep —dijo.

—Sí, señor. Señor juez.

—Aquí, mi amigo Juan me ha contado tu historia y a él se la ha contado Encarna. Ahora quisiera escuchar tu versión. Quiero que me cuentes qué pasó, Josep. Con calma. Tengo tiempo.

Repetí lo que había contado a Encarna pero, extrañamente, la memoria me devolvía más y más detalles como si se hubiera abierto, por fin, una compuerta liberando todo.

Cada tanto, el juez me interrumpía para hacerme una pregunta y, cada tanto también, me hacía volver sobre algún tema obligándome a contarlo de otro modo. Entendí que buscaba asegurarse de que no estuviera dejándome llevar por la fantasía.

Don Juan escuchaba asintiendo con levísimos movimientos de cabeza, su mirada en mis ojos. El juez, alternativamente, se levantaba y se sentaba. Anotó las fechas de embarco y desembarco, el nombre de la nave y del capitán y se puso serio cuando le dije que Francisco tenía la lista de pasajeros.

—¿Cómo la consiguió? —preguntó mientras escribía algo.

—La robó, señor.

—Ajá —comentó distraídamente sin levantar la vista—. ¿De dónde?

—De un señor calvo que nos ponía sellos en los documentos a medida que íbamos pasando. Se distrajo y...

—Migraciones —murmuró don Juan y el juez asintió en silencio.

—¿Tenés esa lista a mano?

—Sí, señor. Se la quité a mi hermano Francisco. Si se entera, me mata —le dije sacando de mi bolsillo unas hojas manoseadas.

—No se lo diremos a tu hermano por el momento, pero quiero que entiendas que también voy a necesitar hablar con él y con los otros.

—Sí, señor —le contesté, aunque esperaba que eso nunca ocurriera.

La entrevista se prolongó por más de tres horas. Contesté todas las preguntas sin guardarme nada y, sobre todo, sin pensar en Francisco y en nuestro pacto de silencio que, de repente, me producía enojo. Por primera vez, pensé que aquel juramento era precisamente lo que había permitido que la desaparición de mi hermana quedara en la oscuridad.

Lo único que habíamos logrado era perder el tiempo y desperdiciar las pistas que pudieran haber quedado en el camino. Lo que en un primer momento nos había parecido un acto de resignada valentía, de pronto, bajo la mirada escrutadora de aquel hombre, se tornaba como una muestra de profunda cobardía. Encarna tenía razón. No habría absolutamente ningún lugar donde refugiarse hasta que no diéramos por terminada aquella tragedia.

—Ha pasado, lamentablemente, mucho tiempo, Josep —dijo el juez—. Casi dos años.

Asentí con la cabeza. No había nada que hacer.

—Pero algo puede hacerse —continuó—. Con esa lista que tu hermano robó, y te aclaro que yo habría hecho lo mismo, vamos a ver a alguna gente. También voy a escribir una nota al capitán y a hacer un par de averiguaciones más. Te pido que te quedes unos minutos por si necesito hacerte alguna pregunta más.

—Sí, señor.

El juez apoyó ambos codos sobre el escritorio y con la punta de los dedos se masajeó la nuca, las sienes y mantuvo los párpados cerrados sin apretar. De pronto, parecía haberse olvidado de mí.

Luego, suspiró profundamente y miró a su amigo.

—¿Cuánto hace que sabés de esto?

—Tres días. Me lo contó Encarna. Parece que han hecho buenas migas y así fue que Josep rompió el pacto secreto con sus hermanos.

El juez volvió a los masajes.

—Juan, acá pueden haber sucedido dos cosas. Tres, a lo sumo, si me pongo muy imaginativo.

—Sí. Lamentablemente, esta historia parece tener un final marcado pero no pude rehusarme ante el pedido de

Encarna, ¿sabés? Me conmovió la tragedia de estos cinco chicos viajando solos y alguien va y se aprovecha y...

—Juan, voy a hacer algo por este asunto. Quiero saber qué fue lo que ocurrió, cómo y, eventualmente, que se castigue al culpable.

—¿Por dónde empezamos?

—Vamos a empezar por la lista de pasajeros y su memoria —dijo el juez desplegando las hojas que Josep le había entregado.

—Modesto, ¿no estarás pensando en visitar a cada pasajero, no?

—No, Juan. Al menos, no en primera instancia. Había más de mil pasajeros a bordo probablemente. Si sacamos a los niños pequeños, aún nos queda una cantidad de gente imposible de investigar. Vamos a empezar por la gente que tenía contacto con estos chicos y, en especial, con María. Alguien tiene que haber visto algo. Estoy seguro de que de allí va a salir la respuesta. Sin embargo, vamos a hablar con las Municipalidades cercanas y pedirles el Registro de Ingreso que se ajuste a la fecha de llegada del barco. Es posible, aunque espero que no, porque eso nos llevaría un siglo, que tengamos que extendernos en nuestra búsqueda.

En un mapa, el juez marcó —según supe más tarde— las cinco localidades más elegidas por los inmigrantes y de su puño y letra envió notas con carácter de urgente a sus intendentes o jefes de comuna, solicitándoles el envío de información de las personas que habían llegado después de la fecha señalada. Luego, introdujo cada carta en un sobre con el nombre del destinatario en elegante cursiva y lo lacró con cuidado.

—Que sean entregados en mano, Juan. Uno por uno. ¿Tenés algún hombre de confianza?

—Puedo encargarle esto a Blas, no te preocupes. Mañana a primera hora se despacha todo.

El juez se volvió hacia mí. No me había olvidado.

—Todo esto va a llevar algún tiempo, ¿de acuerdo, Josep? Vamos a necesitar mucha paciencia.

Me puse de pie.

—Sí, señor. La que haga falta. Muchas gracias.

Ya en el umbral me di vuelta.

—Señor, quería decirle que no importa lo que averigüe sobre María. Yo quiero saberlo. Lo que sea, señor.

El juez asintió con un movimiento de párpados y me pareció que tenía más fuerza ese gesto que el pacto que había hecho con mis hermanos.

Aunque ha pasado tanto tiempo ya, aún puedo, en el momento en que me lo propongo, entrar en esa habitación, oler la cera del suelo, escuchar el reloj y volver a tropezar con las patas de las sillas.

NUEVE

Al día siguiente, Encarna vino temprano a golpear la puerta de mi habitación, pero no con los atronadores porrazos de cuando vivíamos en guerra, sino con los nudillos y cierta urgencia en la voz.

—Josep, el juez quiere verte.

Por la claridad que entraba por el ventiluz[2] me di cuenta de que no eran aún las seis de la mañana, pero me vestí volando y me mojé la cara y el pelo para despabilarme. ¿Es que no dormía ese hombre? ¿Habría descubierto algo que no le gustaba en mi relato? ¿Quería decirme que lo había pensado mejor y que mi hermano Francisco había obrado sensatamente? Mientras subía las escaleras, se me ocurrieron toda clase de preguntas.

---

[2] Tragaluz.

Esta vez estaba él solo en el escritorio.

—Buenos días, Josep. ¿Ya has desayunado?

—No, señor.

—Yo tampoco. Encarna, ¿serías tan amable de traernos unos bizcochos y dos tazas de chocolate?

Mientras esperábamos, me preguntó sobre mis padres y mi hermana Lupe. Se interesó en mi oficio y me confió que don Juan estaba muy satisfecho con mi trabajo. Era una charla relajada que nada tenía que ver con el tema de María, pero yo me mantenía alerta porque sabía que no me había hecho levantar a las seis de la mañana para eso.

Cuando Encarna trajo la bandeja, me sentí un poco inhibido, pero el juez puso una taza con su pocillo frente a mí y me hizo un gesto para que me sirviera.

—Me gustaría que me contaras, Josep, cualquier cosa que recuerdes de las personas que viajaban con ustedes. Ya sé que eran muchas, pero me refiero a las que se acercaban a ustedes y, en especial, a tu hermanita.

Le conté sobre la señora Elisa Retamero, la señorita Candelaria Blanco y el pastor Timoteo Laguna.

—Nos ayudaron mucho esas dos mujeres. El pastor también. María se quedaba con ellos sin ningún problema. Elisa fue la que nos aconsejó, el día que desapareció, que uno de nosotros permaneciera en el lugar donde dormíamos por si acaso María volvía sola. También creo que fue la que le aconsejó a Francisco que hablara personalmente con el capitán, pero no estoy seguro de esto. Después de lo que nos pasó, estaba muy impresionada y la vimos poco porque prefería quedarse en su camarote. El pastor, en cambio, se quedó con nosotros hasta que nos despedimos en el puerto y nos dijo que iba a orar por nuestro bienestar.

—¿Algo especial que recuerdes de Elisa?

Pensé un poco y me acordé de una cosa.

—Siempre andaba con muchos remedios. El marido era farmacéutico y ella sabía bastante de qué cosas se podía uno tomar para los mareos, las diarreas, los insomnios y los dolores de barriga. A María siempre le dolía la cabeza. Desde que era chica le pasaba eso. Elisa le daba unas gotitas y se le pasaba todo. Cada vez que alguien tenía un problema esta mujer sacaba una botellita de un bolso y ofrecía lo que tenía. Casi hacía de doctor.

—¿Desembarcó con ustedes?

—Sí. La estaba esperando un cuñado, hermano de su marido. Ella no parecía muy feliz de verlo y él estaba muy fastidiado por la cantidad de baúles que se había traído y la cantidad de hijos. Me parece que él creía que eran uno menos. Un *hijo* menos, digo, porque baúles, eran incontables.

—¿Los hijos de Elisa eran amigos de ustedes?

—Dos nada más. Los otros chicos se burlaban mucho de nosotros. Le hacían morisquetas a María, le tiraban del pelo, bailaban a su alrededor, en fin, esas cosas. La madre no podía con ellos y, además, dormían en camarotes separados. Uno al lado del otro estaban.

—¿A Elisa volvieron a verla?

—No. Vimos que subía a un auto con todos sus chicos y que dos hombres ponían todos los baúles en un camioncito. Nos saludamos con la mano de lejos. Me imagino que no se atrevió a despedirse de otra manera.

—Contáme lo que te acuerdes de Candelaria —me pidió.

—Viajaba sola con un sobrino, un chico de unos once años, más o menos. Pensaba emplearse en una tienda importante, pero no tenía nada seguro. Sólo un par de direcciones de alojamientos. Tenía un novio al principio del viaje. Un señor italiano. A veces se sentaban a charlar en cubierta. Cuando estaban juntos, mis hermanos y yo tratábamos de que María no los molestara.

—¿Y de quién más te acordás?

—Había mucha gente que hacía como que no nos veía. Gente mayor, especialmente. Supongo que les dábamos lástima, siempre a cuestas con María. Los chicos sí se acercaban a nosotros. Algunos para reírse.

—¿Tuvieron algún problema con alguien? Me refiero a pelearse, discutir.

—Francisco sí, un par de veces. Pero, después, aprendimos a no dar importancia a algunas cosas, porque era el cuento de nunca acabar.

—Además del pastor, ¿había hombres solos en el barco?

Me imaginaba adónde apuntaba el juez.

—Sí, señor, pero yo y mis hermanos poníamos mucho cuidado en eso. Lupe, mi hermana casada, ya nos había advertido sobre el tema.

—¿Cómo estaba vestida María aquel día?

—Ella tenía sólo dos vestidos. Uno con florecitas y otro rojo, de fiesta. Aquel día usaba el rojo, por el baile, y un sombrero que le había prestado Elisa. Siempre le prestaba y le regalaba sombreros. Los de colores, especialmente, porque estaba de luto y decía que no volvería a usarlos.

—El resto de la ropa de María quedaría en el camarote.

—Sí, señor. Nada desapareció.

El juez se restregó la frente con la mano y suspiró. Después se agarró el mentón y cerró los ojos durante un momento, como si otra vez se hubiera olvidado de mi presencia. Finalmente, dijo:

—Bueno, Josep. Estoy haciendo algunas averiguaciones y tu patrón me está ayudando. Apenas tenga noticias, volveremos a hablar.

DIEZ

Yo me concentré en el trabajo más que nunca y procuraba ir a la cama suficientemente cansado para no tener tiempo de pensar en lo que estaba ocurriendo y, menos aún, en lo que podía llegar a ocurrir. El abanico de posibilidades era para asustar a cualquiera y no tenía modo de planificar qué haría en tal o cual caso. Encarna actuaba de la misma forma. Respetaba mi incertidumbre y, además, tenía las suyas propias. No se le escapaba que, de alguna forma, ella había provocado esta situación. Lo había hecho de buena fe, desde luego, y por eso no podía echármelo en cara, pero no podía dejar de preocuparse por el futuro.

De todo lo que fue aconteciendo, el juez llevó cuidadosa nota en un cuaderno de hojas que colocó, luego de explicárselo a don Juan Parelló, en una carpeta de la que no se separaría durante toda la investigación, y que, más tarde, pasaría a mis manos. Por eso, después supe que, a los cuatro días, comenzaron a llegar las respuestas con listas de nombres de inmigrantes que se habían instalado en las localidades vecinas. También estaban las direcciones, aunque esto, dado el tiempo transcurrido, podría servir de poco. La gente estaba obligada a comunicar a las autoridades el nuevo domicilio en caso de mudanza pero, en la práctica, pocos lo hacían.

Dos intendentes se habían permitido, además, emitir opiniones sobre algunos nombres en una nota adjunta. En todos los casos, se trataba de hombres solos que probablemente aún tenían sus familias en Europa. La selección se debía a que parecían ser pendencieros o de mala calaña, se atrevió a calificar uno de los intendentes, agregando que de ninguna manera intentaba echar sombra de sospecha sobre esta gente pero, si de algo servía su opinión, pues allí estaba y totalmente desinteresada, no faltaba más.

Con la ayuda de don Juan, el juez Valero comenzó a analizar el material recibido según los métodos de trabajo aprendidos e impartidos en varias universidades de Europa.

Trazó con un compás círculos concéntricos y observó las ciudades que quedaban incluidas en cada uno. Luego, volvió a leer con detenimiento los informes e hizo una lista de prioridades, otra de situaciones posibles, una más de probables consecuencias y, finalmente, trazó un plan a seguir inmediatamente y otro sustituto en caso de que el primero no funcionara.

—Bien, ya tenemos las listas. Ahora, como te dije, comenzaremos por esta ciudad y, más específicamente, por los tres que están en esta carpeta: Elisa, Candelaria y el pastor. Si no tenemos suerte, seguiremos adelante según este mapa. ¿Te parece bien?

—Totalmente de acuerdo. Yo soy sólo un auxiliar en esto —dijo don Juan.

—Tenemos a la viuda amiga de los chicos, doña Elisa Retamero, viuda de Caballero. Vive en el bulevar Cabildo, la mejor zona de la ciudad. Podríamos comenzar haciéndole una visita y ver si recuerda algo más —sugirió don Juan.

El dueño de la casa, Ramón Caballero, según indicaba la placa de bronce, era arquitecto y se notaba en cada detalle. Los atendió un mayordomo que, con deferencia, los hizo pasar a un recibidor muy elegante y les pidió que aguardaran allí hasta que fueran anunciados. Probablemente, de no haberse presentado don Modesto Valero como juez, los habría hecho esperar en la calle.

Al cabo de unos minutos, los recibió en su despacho Ramón Caballero. Era un hombre pequeño, casi esmirriado, pero que caminaba estirando el cogote tanto como podía. Un poco para compensar algunos centímetros y otro poco por soberbia. En su abundante cabello negro resaltaba un mechón blanco que nacía en la mitad de la frente y le daba un aire extraño. Luego de las presentaciones y de invitarlos a una copa de licor que ambos aceptaron, el juez, brevemente, explicó que el motivo de la visita era hablar con doña Elisa.

—¿Por qué asunto desean ustedes hablar con mi cuñada?

Caballero escuchó con expresión preocupada y sin interrumpir la historia de los cinco hermanos y su viaje de pesadilla. Mientras escuchaba, alineaba meticulosamente tres plumas que tenía sobre el escritorio.

—En efecto, mi cuñada viajó en ese mismo barco. Estaba muy impresionada por esa desgracia y cuando contó lo que pasó nos pareció increíble. Elisa estuvo varios días muy afectada. En cuanto a tener una conversación con ella, me temo que no será posible. Mi cuñada ha amanecido con una indisposición.

—¡Qué pena que su cuñada no esté bien! Es verdaderamente una lástima porque ella conoció de cerca a los chicos y pensamos que podía recordar algo que sirviera a nuestra investigación.

—¿Están investigando después de haber pasado más de un año de aquello? ¿No cree usted que las pistas deben de haber sido borradas?

—Parece pensar, por sus palabras, que alguien lo haya hecho intencionalmente.

Ramón Caballero abandonó el alineamiento de sus plumas y cruzó las manos sobre el escritorio.

—Debo haberme expresado mal, tiene que disculparme. Pueden haber sido borradas por el tiempo transcurrido, quise decir.

—Es lo más probable, tiene razón. Pero acá, con mi amigo don Juan Parelló, nos hemos comprometido a llevar este caso hasta donde nos den las fuerzas. Volviendo a la señora Elisa, ¿cree usted que será posible hablar con ella, digamos, dentro de una semana?

—Lo dudo mucho. Para serles totalmente franco, ella ha caído presa de una debilidad mental. Probablemente se deba a haber dejado su tierra, a su viudez, a estar en casa ajena, en fin, a esas cosas de mujeres, ya me entiende —ilustró Caballero con un movimiento vago de su mano—. De todas formas, le aclaro que para mi mujer y para mí es una felicidad que ella y sus hijos estén con nosotros, pero aún no le podemos hacer entender a Elisa que ésta es su casa y nosotros, la familia que ella necesita.

—Bien —contestó el juez como pensativo—. ¿Y si habláramos con alguno de los niños? Deben de recordar algo seguramente.

—No recomendaría semejante cosa, discúlpeme, señor...

—Valero. Juez Modesto Valero.

—Sí, qué memoria la mía, cada vez peor, señor juez. Le decía que los niños en general deberían quedar al margen de todo el sufrimiento y éstos, en especial, ya han cubierto holgadamente su cuota.

—Los chicos que perdieron a su hermana también.

—Entiendo, pero nada ganaríamos con añadir un sufrimiento a otro. Mis sobrinos están ahora bajo mi custodia y, sobre todo, bajo mi protección. Ellos, al revés de su madre, jamás mencionaron esa cosa espantosa que sucedió en el barco, de manera que probablemente no les servirían de gran cosa. Sabe usted cómo son los chicos. Apenas si se fijan en lo que ocurre alrededor de ellos.

—El mayor tiene, según nuestros cálculos, diecisiete años, ¿verdad? —preguntó don Juan interviniendo por primera vez.

—Eeh... Creo que es así. Hay tantos muchachos ahora en esta casa que me confundo un poco.

—Me refiero a que ya no es un niño —completó la idea don Juan.

—Lo siento si les parezco un desalmado, pero la decisión está tomada —contestó Caballero poniéndose de pie para dar un final a la entrevista.

Como si hubiera estado esperando tras la puerta, apareció el mismo mayordomo almidonado que los había recibido y con un gesto los invitó a acompañarlos. Cuando cruzaron el vestíbulo rumbo a la puerta, se escucharon voces de niños en la planta alta.

—Bueno, ya tenemos el primer fracaso y me temo, Juan, que no va a ser el único —reflexionó el juez.

—No me gustó el Caballero éste —declaró don Juan abiertamente.

—Ni a mí. Es un soberbio el *caballero* y no le cuadra el apellido, pero eso no significa que esconda algo. ¿Viste cómo fingió olvidar mi nombre? Son estrategias, ¡qué se va a olvidar! Es una forma de decirme que no está preocupado. Y lo entiendo, Juan. No quiere involucrar a su familia en un tema sórdido como éste. Ya sabe que soy juez y sabe también que no he venido como juez porque, de ser así, le habría enseñado algún papel acreditándolo. Pero, por ahora, quiero mantenerlo de forma extraoficial para que podamos movernos con facilidad. De otra manera, necesitaríamos permisos especiales para cada una de estas visitas. Repito, Juan. Por ahora.

—Te entiendo, Modesto. Además, dejáme que te diga que el licor que nos sirvió era un brebaje inmundo.

—Absolutamente de acuerdo. ¿Quién sigue en la lista?

ONCE

Don Juan y su amigo el juez pasaron el resto de la mañana y buena parte de la tarde recorriendo la ciudad y llamando a las puertas de pensiones y cuartos de hoteles de tercera o cuarta categoría. Candelaria Blanco estaba entre la mucha gente que se alojaba en un sitio y que, por diferentes razones, luego lo dejaba. En general, las razones eran económicas y el nuevo sitio era también más pobre. Sin embargo, a la salida del último inquilinato[3] que visitaron, donde interrogaron a la dueña, María Isabel Soto, una gallega malhumorada y desconfiada que apenas si contestó con monosílabos, encontraron algo.

Ya estaban en la calle, sintiéndose defraudados y cansados, pero sin admitírselo uno al otro, cuando, según me con-

---

[3] Pensión u hotel de ínfima categoría donde se alojaban familias enteras en una sola habitación.

taron después, un niño de unos doce años y con el aspecto de no haber recibido un baño en un par de semanas, los chistó. Estaba sentado en el escalón del umbral y no se levantó.

—Yo estaba en ese barco —dijo sin ningún temor en los ojos ni en la actitud.

El juez y don Juan se miraron por un momento, no sabiendo si creer o no en su buena suerte. Quizás ese niño se estaba burlando de ellos. Ninguno de los dos recordaba la presencia de nadie más mientras interrogaban a la dueña de la pensión pero, evidentemente, el mocoso había escuchado la conversación.

—¿Qué barco? —preguntó don Juan para ganar tiempo y, de paso, confirmar que sabía de qué estaba hablando.

—Del barco donde desapareció la chica. Era retardada.

—¿Estabas con tus padres?

—No. Con mi tía.

—¿Cómo se llama tu tía?

—Candelaria.

El juez se volvió hacia su amigo.

—¿No mencionó Josep a una tal Candelaria?

—Es mi tía. Ella se hizo amiga de la chica que se ahogó.

—¿Cómo sabés que se ahogó? —preguntó don Juan.

—Dijo mi tía que alguien la debió de haber tirado al mar —respondió el chico con todo desparpajo.

—¿Cómo te llamás? —preguntó don Juan.

—Juani. ¿Y usted?

—Parecido. Juan me llamo. ¿Dónde podemos localizar a tu tía?

—¿«Localizar» quiere decir «ver»?

—Sí, más o menos.

—Aquí, entonces. Pero hasta las seis de la tarde no se levanta. Era modista y bordadora, pero ganaba muy poco, así que consiguió un trabajo de noche y por eso duerme de día. Mejor que no se les ocurra despertarla, se lo aviso por si acaso, porque se pone de un humor de perros. Yo sé lo que digo. Debe de faltar media hora para las seis. Si quieren, pueden sentarse aquí conmigo y les cuento —dijo Juani haciéndoles un sitio en el escalón del umbral.

Don Juan y el juez doblaron con esfuerzo las rodillas y se sentaron en el reducido espacio al lado de Juani.

—A ver. ¿Qué recordás de María? —preguntó don Juan.

Juani miró hacia el cielo, arrugó los ojos y sacó el labio inferior.

—Tenía el dedo pulgar de trapo o de cartón o de qué sé yo qué. Con unas tiras finitas se lo sujetaba a la muñeca así, ¿ven? Se reía como loca todo el tiempo. Ahí me di cuenta de que era retardada. Pero aunque se hubiera quedado callada, igual se le notaba. Los hermanos estaban detrás de ella todo el tiempo para que no hiciera macanas porque se levantaba la pollera[4] en cualquier lado y se le veían los calzones. Yo se los vi un día. A mi tía, al principio, le gustaba la piba, pero después se encontró un candidato, *mi tía* se encontró un candidato, no la chica, y María siempre andaba revoloteando alrededor. Era un incordio. Ese candidato que les digo era un escribano que la vio el primer día y se acercó a ayudarla a cargar unos paquetes. Para ayudarla estaba yo, pero lo dejé porque me di cuenta de que se había quedado impresionado con mi tía.

—¿Viajaba solo? —preguntó el juez.

—No, con la madre.

—¿Cómo siguió la historia?

---

[4] Falda.

—Mi tía durante unos días no se hizo ver. Dijo que tenía que acomodar las cosas, pero era mentira porque tampoco había tanto espacio para acomodar nada. La verdad es que quería que se le fuera el color verde que le había quedado de tanto vomitar. Son muy feos los primeros días en un barco cuando uno no está acostumbrado. ¿Ustedes alguna vez viajaron? Sí, bueno, entonces ya saben. Siguiendo con mi tía: cuando se compuso, salió a cubierta con su cajita de hilos y esas cosas para bordar. No sé qué eran. Ahí fue donde María se le acopló y mi tía, como sabía que el escribano la miraba todo el tiempo, quiso hacerse la que le tenía lástima. ¿Vieron que las mujeres siempre son maestras o enfermeras? La hizo sentar a su lado y le prestó los hilos y hacía de cuenta que le estaba enseñando a bordar. Era muy molesto porque María metía los dedos en la cajita y se pinchaba y desordenaba y la verdad es que aprender, se notaba que no aprendía nada. El problema fue que pasados unos días, el *Escri* no daba señales de avanzar. Yo me di cuenta por qué. Él quería estar seguro de que esa chica retardada y con nueve dedos no estaba bajo el cuidado de mi tía.

—¿Alguien te lo dijo?

—Nadie me lo dijo, pero tampoco hacía falta, juez. ¿A usted qué le parece?

—No te falta razón —respondió el juez reflexivo—. ¿Y los hermanos de María?

—Estaban siempre allí, dando vueltas. Pero, pobres, se cansaban de la chica, así que cuando alguien les daba un respiro, aprovechaban para caminar aunque más no fuera.

—Volvamos al escribano.

—Bueno, el tipo un día la vio solita a mi tía y se arrimó todo sonriente. Ella se hizo la sorprendida como si no lo hubiera visto venir. Y todo anduvo bien durante un rato, hasta que María saltó sobre ellos intentando hacerles una broma. Era una chica confianzuda, gritona, te ponía los nervios de punta con esa risa finita que te taladraba los oídos. Y después, el otro problema era que se movía, se movía sin parar, ¿me entienden?, nunca estaba quieta, «taca, taca, taca», siempre saltando alrededor de la gente. Elisa, la viuda, con sus gotitas la calmaba. Le mandaba un chorrito dentro de un vaso con agua y, al rato, María era otra. Pero tenía siempre un ojo atento a mi tía y a su *Escri.* Estaba como celosa. No digo que fue por culpa de ella que el hombre cambiara de rumbo, pero que no ayudó en nada, eso es seguro. Un día, él se cansó de tanto renegar y salió detrás de una chica italiana del sur que viajaba con los padres. Era hermosa, toda rubia y de adelante tenía bastante, ¿me entienden? Los padres eran un problema porque no la dejaban ni a sol ni a sombra, imagínense, pero por lo menos allí el escribano conocía las reglas y el premio valía la pena.

—¿Qué hizo tu tía?

—Lloró varios días y, a partir de allí, no quiso saber nada de María. Encima, muchos pasajeros se habían dado cuenta de la situación y hacían bromas o le cantaban la marcha nupcial cuando ellos pasaban caminando. Pero después, el escribano va y hace el cambio. Como les digo, mi tía se dio vuelta con María.

—¿Tuvieron algún altercado? —preguntó don Juan.

—¿Algún qué?

—Si se pelearon alguna vez.

—Más o menos. Un día, después de que estaba claro que el *Escri* no volvería, María se acercó saltando y chillando como hacía siempre y mi tía me dijo: «Sácame de encima a esta muda deformada, que la mato».

—Duro, ¿eh? —comentó el juez enarcando las cejas.

—Sí, algo se le despertó de repente a mi tía. Un odio tenía que me dio miedo, les juro. Todavía hoy sigue creyendo que si María no se hubiera metido en el medio, ella y el *Escri* estarían juntos y casados y todo eso. No le hubiera venido mal un novio, pobre tía, aunque fuera italiano. ¿Alguno de ustedes es italiano? —preguntó un poco preocupado.

Los dos hombres negaron con la cabeza.

—Mejor. Pero, de todas manera, no hubo caso. No fue culpa de María como creía mi tía. Es que el tipo este que les digo no quería casarse, quería algo para hacer más corto el viaje, nada más. Es interminable, ¿me entienden lo que quiero decir?

El juez y don Juan asintieron con aire de entendedores.

—¿Y el pastor? —preguntó el juez.

—El pastor, Laguna creo que se llamaba, también la tranquilizaba cuando le ponía las manos en la cabeza y le hablaba despacito y le leía cosas, oraciones, no sé bien qué. Bueno, de todo eso me acuerdo ahora. Capaz que después me acuerdo de otras cosas.

—¿Después de qué? —preguntó el juez captando el mensaje.

Juani sonrió con picardía.

—¿De un bollito con azúcar?

—Supongo que sabés dónde venden esos bollitos.

Juani hizo un gesto con la cabeza.

—En el almacén de enfrente. Los hace la dueña y los pone dentro de una campana de vidrio arriba del mostrador. Pero si me quieren comprar uno, tienen que ir ustedes. La dueña no me deja entrar más. Ya le debo tres.

—De acuerdo. Vamos, Juan —concedió el juez levantándose con gran dificultad—. Quiero que vayas pensando de qué más te acordás mientras conseguimos una buena bolsa de bollitos.

—Con mucho azúcar —gritó Juani mientras los dos hombres cruzaban la calle.

—Es vivo el mocoso. Tuvimos suerte de encontrarlo —dijo el juez mientras la mujer les envolvía la compra.

—Vamos a ver qué nos cuenta tía Candelaria. Ya son más de las seis. Debe de estar despierta.

Juani ya no estaba cuando salieron del almacén, de modo que volvieron a entrar por el largo pasillo del inquilinato hasta el primer patio donde había varios hombres conversando en algún dialecto italiano. Apenas se asomaron, todas las miradas apuntaron al juez y a don Juan. No eran, claramente, de la misma clase que ellos esos dos señores bien vestidos y con gesto de desorientados. De la cocina salió la mujer malhumorada que los había atendido antes.

—¿En qué puedo serles útil, otra vez? —preguntó.

Las palabras eran amables, pero el tono era hostil y el lenguaje gestual con los brazos en jarras definitivamente grosero.

—Estamos buscando a Juani, el sobrino de Candelaria —respondió el juez con estudiada lentitud.

Estaba cansándose de sus modales.

La mujer, imperturbable, preguntó frunciendo el entrecejo como si le hubieran preguntado por Matusalén:

—¿A quién?

—Un niño de unos once, doce años, cabello oscuro, ojos negros —contestó don Juan indicando con una mano la altura que debía de tener.

—Bueno, caballeros, lamento decirles que se han equivocado. En este hotel no se reciben niños. Y ahora, si me permiten, tengo que hacer —dijo dándoles la espalda.

—¿Y su tía Candelaria? —presionó el juez.

María Isabel devolvió el golpe casi sin darse vuelta.

—Mala gente tampoco. Cualquiera de mis huéspedes puede guiarlos hasta la salida. Sólo para que no se pierdan por el camino.

Don Juan y el juez salieron del inquilinato bajo las miradas desaprobadoras de los ocupantes.

—Es bastante extraño cómo gente de todo el mundo reacciona de la misma forma frente al mismo tipo de situaciones —reflexionó el juez una vez en la calle—. Puede que no tengan nada que ver con lo que estamos investigando, pero cierran filas para no dejarte pasar. Tienen miedo.

—Si no hicieron nada, no deberían temer —contestó don Juan.

—No es tan simple. Uno se involucra también, por ejemplo, si vio y no hizo nada para corregir, si alguien le contó algo y no denunció, o si oyó de costado y lo dejó pasar. En fin, las posibilidades son infinitas. Hay varias zonas grises en las que nadie quiere poner el pie.

—Entiendo que, en el momento, el que vio u oyó no haya sabido qué hacer, pero ahora tienen una oportunidad de volver atrás, Modesto. ¿Por qué no la aprovechan?

—Porque lo que pasó, pasó, Juan. No hay vuelta atrás. Y ahora, estas personas no quieren que les hagan preguntas, que les remuevan las conciencias, que los detengan o los metan presos por equivocación. No quieren quedar salpicados. Hay muchos hombres acá y cualquiera pudo haber sido. No te olvides que toda esta gente está en tierra extraña y deben velar por sus familias. No quieren problemas. Mirá esta chica, Candelaria. Allí tenemos un buen ejemplo. Ella vino de su país con la ilusión de bordar vestidos de novia, vamos a suponer, o manteles de misa. Ya te has dado cuenta en qué terminó. ¿Vos creés que ella quiere *otro* problema? Claro que debe de saber algo sobre María. No digo que sepa exactamente lo que ocurrió, pero algo sabe. Y a lo mejor nos lo quiere contar y a lo mejor, no.

—¿Qué opinás de la dueña del inquilinato?

—Es una grosera natural. Pero te voy a decir algo, Juan. Si no fuera tan dura, no podría llevar adelante el hotel, como ella lo llama.

El juez sonrió y sacudiendo la cabeza dijo:

—Es una pena que no esté mi sobrino Rafael acá. Es el seductor perfecto. A las mujeres les sonríe cuando escucha cómo se llaman, se inclina para tomarles la mano, se las besa, mirá qué atrevido, no hace el gesto sino que, efectivamente, les besa la mano sin dejar de mirarlas a los ojos y, antes de que se las suelte, están derretidas. A sus pies, Juan, te lo aseguro. Un don maravilloso. Si estuviera cerca, te haría una apuesta con esta señora.

—Yo pagaría por ver esa escena —se carcajeó Juan—, aunque no creo que tu sobrino se aviniera.

—Está tan seguro de sí mismo que ha llegado a plantearse sus propios desafíos. No hay edad que resista sus encantos, te lo aseguro.

Los dos se rieron con ganas durante un rato ante la imagen de Rafael seduciendo a la huraña María Isabel y las distintas situaciones en que podría derivar. Juan pensó que hacía tiempo que no se reían con esa soltura, con franqueza, dándose manotazos en la espalda como cuando eran jóvenes y descarados.

Después, agotados de reírse, Juan preguntó:

—¿Creés que Candelaria vive en la pensión?

—Muy posiblemente.

—¿Por qué la cubre María Isabel?

—Bueno, es una actitud natural frente a la autoridad. De resistencia.

—Da la impresión de que los estuvieras defendiendo, Modesto —comentó Juan.

El juez se volvió y hundió el dedo índice sobre el saco[5].

—No, Juan, no te equivoques. Los voy a rodear hasta que sientan que los ahogo. Van a escuchar mis pasos hasta en sueños y me voy a convertir en su sombra. Si alguno tiene algo que decir, va a preferir contarlo antes de que lo averigüe por mí mismo.

Un poco impresionado por el cambio repentino, Juan preguntó:

—¿Y Juani?

—Juani, Juani —repitió el juez girando sobre sí mismo y mirando a su alrededor como si lo estuviera buscando con la mirada, en los tejados—. No anda muy lejos este Juani. No anda muy lejos.

---

[5] Chaqueta.

DOCE

Después de mi última conversación con el juez, hubo un tiempo de silencio. Lo veía salir de la casa muy temprano y regresar después de las siete de la tarde para encerrarse con don Juan en el escritorio, donde se quedaban hasta bien tarde. Encarna tenía algún contacto con ellos ya que le pedían que llevara algo de comer, pero casi nada sacaba en limpio porque los dos hombres se callaban cuando entraba.

—Están estudiando una lista. Tienen nombres tachados y otros con cruces. Escriben mucho. Don Juan con tinta negra y luego el juez agrega algo con tinta roja. No sé qué puede ser —dijo un día Encarna.

No me alcanzaba para sentirme mejor. La ansiedad me corroía. Hacía mi trabajo de forma automática. Mis manos estaban allí, con los tintes, pomadas y cepillos y mi cabeza imaginaba distintos finales para esta historia. Y estaba el tema de mi conciencia.

Por primera vez desde que don Juan me dio el permiso para ir con mis hermanos los fines de semana, empecé a quedarme con Encarna, que no tenía adónde ir. No podía mirar a Francisco a la cara, sencillamente. Había quebrado un juramento. Me recriminaba constantemente que debía haber ido a hablar con mis hermanos antes de hacerlo con el juez, que debía haber tenido la hombría de decirles lo que pensaba hacer. Además, temía que Francisco se diera cuenta de que le había sacado la lista de pasajeros de la caja donde guardaba las cartas de Lupe y otros documentos. Sabía que no era muy probable porque era de las cosas que seguramente no quería volver a mirar. Sin embargo, por algo la había guardado y yo vivía atormentado por esa posibilidad.

Una cosa que me preguntaba era de qué forma iría a cambiar nuestras vidas el conocer qué es lo que había ocurrido y de qué forma, y quién, era responsable de eso. Conocer al culpable.

La idea de que había un responsable, un malintencionado, un perverso que hubiera atacado a nuestra María, ahora es cuando empezaba a preocuparme. En realidad, yo no había pensado en ello porque, hasta ahora, me había concentrado en la desaparición, en la pérdida, en la desgracia, como nos había indicado Francisco. «Desaparecer» era un hecho horrible, pero como palabra era menos agresiva, más inofensiva que algunas que en ese momento estaban explotando en mi pensamiento.

Había otra cosa que me mantenía alejado de la casa de mis hermanos en esos días. Y era ver a Salvador enfermo. Estaba cruzando la raya de la locura. Había días que no podía ir a trabajar y se quedaba en la cama mirando un punto fijo en el techo, sin pestañear, completamente mudo.

Francisco decía que necesitaba un tónico, descansar, una novia, ir una noche a emborracharse, no sé, cada día se le ocurría un remedio nuevo. Pero él sabía. Cómo no iba a saber.

Y Domingo, mellizo de Salvador, se sentaba a su lado y le contaba historias para entretenerlo y chistes para hacerlo reír. No se desanimaba por no recibir respuesta. Era capaz de pasarse horas haciéndole compañía.

Estábamos rotos emocionalmente, cada uno a su manera, pero hoy pienso, sin falsa modestia, que yo fui el único que tomó al toro por los cuernos. De no haberme forzado Encarna, otra hubiera sido la historia, claro. Sin embargo, en aquellos días difíciles, había momentos de vaivén en los que yo no podía decidir si aquella cerrazón, aquel silencio al que nos obligara Francisco, no era mejor que la tremenda agonía de no saber adónde iba a llevarnos esto que habíamos puesto en marcha. En mi todavía infantil imaginación, pensaba a veces que yo mismo le había sacado las cadenas a un monstruo, sin pensar que se volvería en mi contra y sin estar preparado para la lucha. Durante algunas noches de insomnio, llegué a creer que, de haber podido retroceder, lo habría hecho gustoso. Al menos, lo otro era un infierno establecido donde todos sabíamos qué teníamos que hacer, pero la investigación podía durar años y me preguntaba si sería capaz de soportar la espera. Años sin que pasara nada. La sola idea me estremecía.

Pronto me daría cuenta de que el pavoroso secreto familiar empezaba a crujir por todos lados.

Después de dos fines de semana que no fui a casa, Francisco vino a verme. Se lo notaba más delgado y había líneas de preocupación alrededor de los ojos y la boca. Parecía un hombre de veinticinco o treinta años y sólo tenía diecinueve o ya casi veinte, no recuerdo bien.

—No he ido estos días porque hay mucho trabajo aquí con... —empecé a explicar apenas lo vi aparecer seguido de Encarna, que lo guió hasta las caballerizas.

Mi hermano metió los pulgares en los bolsillos del pantalón y miró de reojo hasta que estuvo seguro de que Encarna ya no estaba.

—Mucho trabajo —repitió.

Yo hice un gesto amplio señalando a los caballos y las monturas, pero no me salió una sola palabra. Nos quedamos un momento mirándonos. Finalmente, bajé la cabeza.

—No quiero ver cómo está Salvador —le dije.

Entonces, Francisco sacó del bolsillo de su camisa un sobre y me lo tendió en silencio.

«¡Dios!», pensé al reconocer la letra de Lupe.

Estaba desconcertado. Era Francisco quien nos leía las cartas, era él quien las contestaba y luego las guardaba. ¿Por qué me tendía ahora el sobre? ¿Qué debía hacer yo? Algo estaba mal, pero ¿qué?

Mi hermano me hizo un gesto perentorio con el mentón y abrí el sobre con alguna dificultad porque me temblaban las manos.

Las hojas toscas pero bien recortadas que mi hermana conseguía para escribir eran amarillentas. Su letra era apretada y prolija, aun sin renglones ni márgenes. Casi no tachaba. Usaba siempre lápiz con buena punta y sus cartas llevaban varias fechas porque las escribía a lo largo de semanas.

Ésta que yo tenía en mis manos era una sola hoja parduzca con los bordes irregulares. Lupe había desgarrado un trozo de papel para estampar un grito de desesperación, sin fecha, en letras enormes, temblorosas, enrevesadas, por momentos ilegibles.

«¿Por qué tuve que enterarme por mi marido?»
«¿No sois de mi carne?»
«¿Acaso no erais[6] los protectores de nuestra hermana?».

No me atrevía, después de leer aquello, a levantar la vista. Mi cabeza no lograba poner pensamientos ni sentimientos en orden. La pena por Lupe se superpuso por un instante al temor a la ira de Francisco y a mi vergüenza por haber revelado nuestro secreto, pero enseguida el temor ganaba y luego regresaba la vergüenza, que a ésa sí que tardé muchos años en soltarla. También, en un momento de lucidez, pensé que Francisco sabía que esto podía suceder y en verdad habíamos sido muy afortunados de que no pasara antes. Sólo a un loco se le podía ocurrir tapar una cosa como la que nos había acontecido.

Mi hermano me sacó la carta de un manotazo.

—Sólo vine a preguntarte si fuiste tú quien abrió la boca.

—¿Piensas que yo escribí a Segismundo? —pregunté atónito.

—Sólo si abriste la boca, te estoy preguntando.

Eso ya era más específico. Francisco acercó su cara a la mía y apretó los dientes:

—Sí o no, Josep. Maldito seas.

Recuerdo haberme sentido como un fugitivo que ha corrido sin cesar durante horas. El infeliz ha corrido por su vida, pero ya no tiene adónde ir. Se acabaron los atajos, los pequeños rodeos, los senderos que distraían pero que

---

[6] Alude a la expresión bíblica que usa Caín cuando Dios le pregunta por su hermano Abel.

finalmente conducían al camino anterior. Su corazón va a estallar. Sus piernas, vaya a saber por qué, siguen moviéndose a pesar de que el cerebro, porque le ha entrado el pánico, les ordena que cesen.

Basta. Se acabó.

Hay una pared delante. No hay por qué correr más. Debo darme la vuelta y afrontar eso que me ha provocado tanto espanto.

—Sí —respondí mirándolo a los ojos.

Mi hermano pestañeó, incrédulo. Luego, se dio media vuelta y caminó hacia la salida. A unos quince metros se detuvo. Lentamente, giró y me miró. Volvió a acercarse.

—Habla —me ordenó.

Se sentó encima de una montura que estaba en el suelo, apoyó los codos en las rodillas y el mentón sobre las manos entrecruzadas. En esa posición esperó a que ordenara mis ideas. Yo preferí quedarme de pie. Todavía siento, a veces, la necesidad de moverme un poco cuando hablo de algo que me resulta difícil.

Le relaté, lo más sucintamente que pude, cómo ocurrió todo. No traté de excusarme por mis momentos de debilidad ni de hacerme el sagaz. No achiqué la participación de Encarna, ni oculté el hecho de que, durante un tiempo, estuve rabioso con él por haberme obligado a jurar silencio. Confesé el robo de la lista de pasajeros. Hablé de todo.

Francisco no me interrumpió. No hubo preguntas ni gestos. Tampoco dejó de mirarme a los ojos.

—¿Qué va a pasar ahora? —me preguntó cuando terminé.

—Si tenemos un poco de suerte, nos vamos a enterar de qué es lo que pasó con María. Y si tenemos más que un poco, nos enteraremos de quién lo hizo.

—¿Qué le vamos a decir a Lupe?

—A Lupe le diremos ahora lo que debimos haberle dicho entonces. No es que no me importe, Francisco. Me parte el alma, pero no quiero más mentiras en mi vida, no quiero fingir más. Además, es evidente que Lupe ya sabe lo que pasó. Lo que no me imagino es cómo llegó hasta ella la historia.

—Todo el mundo va a pensar que nosotros dejamos que eso ocurriera.

—Mira, Francisco, ya no me importa. Lo único que quiero es saber. Además, no te martirices. Nosotros no dejamos que eso ocurriera. Fue una desgracia y nada más. No tuvimos la culpa, nunca descuidamos a nuestra hermana, le pudo haber pasado a papá y a mamá.

—Nunca le pasó nada viviendo con ellos.

—María nunca salió del patio de nuestra casa.

Francisco se puso de pie. Se masajeaba la frente, se restregaba los ojos, por momentos se ponía un puño sobre el pecho.

—¿No me pudiste haber preguntado primero?

—¿Me hubieras dado permiso? ¿Hubieras estado de acuerdo?

—No —aceptó.

—Por eso.

—¿Cómo es que todavía no me ha llamado ese juez amigo tuyo?

—Pronto te llamará. Está investigando a la gente que viajaba con nosotros. Le hablé de la señora Elisa de Caballero y de sus hijos, y también de Candelaria, la bordadora. Creo que las ha visto, pero no sé qué ha pasado. Veo a don Juan y a él entrar y salir de la casa, pero no hablan conmigo. Encarna me dijo que este hombre tiene mucha influencia y que no tiene miedo a nada. Si lo conocieras, confiarías en él también.

Mi hermano me miró con desdén. Se pasaba la mano por el pelo hacia delante y hacia atrás, cruzaba los brazos sobre los hombros, echaba la cabeza hacia atrás con los ojos cerrados, resoplaba como los caballos. Parecía no saber qué hacer con su cuerpo, con esa desesperación, con ese dolor.

Entonces, de repente, caminó hacia mí, cerró el puño y me lanzó un derechazo al mentón. Éste no era de los puñetazos que nos tirábamos de pequeños. Era otra cosa. Era pelea de hombres. Me levanté despacio y lo miré de frente con los brazos a los costados del cuerpo.

—Defiéndete —me toreó mientras me daba empujones con los puños y saltaba alrededor de mí como los boxeadores.

Yo trataba de no perder el equilibrio, pero no me cubría la cara ni alzaba los brazos.

—Pégame, marica. Demuestra que eres un hombre. ¿O solamente te haces el guapo con Encarna?

—Anda, Francisco. No voy a pelear contigo.

Francisco seguía girando alrededor mientras me azuzaba con golpecitos irritantes en la espalda, en el pecho, con la mano abierta en la cara.

«Paf, paf».

Empecé a sudar. Tenía deseos de vomitar.

—Ah, ¿di en el blanco? Es con Encarna la cosa, ¿no? ¿Qué tal está la señorita? ¿Se deja? ¿Te gusta?

«Paf, paf».

Girando a mi alrededor sin cesar, Francisco me escarnecía moralmente. No me importaban los golpes por el daño físico, pero sí, y mucho, las cosas que decía de Encarna.

Si ella llegaba con su jarra de mate cocido, como muchas veces hacía, no quería imaginarme lo que podía pasar.

Francisco seguía saltando a mi alrededor, girando sin cesar.

—Tienes que tener cuidado con don Juan Parelló. Tiene genio, el hombre. No le va a importar nada la carta que le trajimos y —«paf, paf»— te va a meter una patada en el culo —«paf, paf»—. Si os llega a pescar: afuera, Josep. A la calle, a la calle, a lustrar zapatos a los cafetines —«paf, paf»—. Quién diría, tan seriecito y allí estaba con Encarna en ese rinconcito.

«Paf, paf, paf».

La burla en rima, la sonrisa obscena, el insulto procaz hicieron surgir del fondo de mi cerebro una furia que no sabía que estaba allí. Nunca la había sentido y no sabía cómo controlarla, ni que no deja pensar, ni que puede ser más fuerte que dos o tres hombres. Francisco cayó con el primer golpe y del suelo lo levanté con un solo movimiento y una sola mano y lo volví a tumbar una, dos, tres veces más. Y cada vez, sentí un placer desconocido, feroz, salvaje, insaciable, cuando mis nudillos se encontraban violentamente con su carne. Escuché un rugido y tardé en darme cuenta de que salía de mi garganta. Mis puños se convirtieron en una canaleta por la que dejaba salir la presión guardada durante tanto tiempo. No sé cuánto estuvimos allí. Nadie nos salvó, nos vio o separó. Nadie. Y quizás fue mejor así. Había algo dentro de nosotros que no fuimos capaces de sacar de otra manera, y parecía que eso de darse de tortas era un mito masculino que funcionaba.

Sólo cuando vi la cara de mi hermano ensangrentada y sus ojos cerrados por mis golpes, me detuve.

Nadie nos vio abrazarnos y llorar, pero tampoco hubiera importado.

Esa noche decidí escribir lo que nos estaba pasando. Sentí que debía quedar algún testimonio en mi familia de lo ocurrido. Mis hermanos más chicos, mi hermana Lupe, allá tan lejos, y quizás, un día, nuestros hijos podrían leerlo y hablar sobre todo esto tan terrible. Yo no era escritor, de modo que no tuve en mente un libro ni tampoco pretendía que fuera algo bello. Simplemente, un testimonio. Cada noche, a partir de ese día, sentado en mi cama, escribí lo que me contaban el juez y don Juan. Escribí sobre las entrevistas, las preguntas, las respuestas, sus suposiciones y, de a poco, me fui atreviendo a escribir sobre mis sentimientos y los de mis hermanos.

Y con los años decidí reconstruir toda la historia. Por eso imaginé también aquellas escenas en las que yo no estuve, y hasta me atreví a interpretar cómo eran todos los personajes que algo tuvieron que ver con estos hechos, para tratar de ordenar, de dar sentido a lo que ocurrió.

Aquella noche dormí de un tirón después de meses de pesadillas. No había buenas noticias, ni las cosas estaban en vías de mejorar. En realidad, estaban por empeorar pero, al menos, ya no estaba preocupado por haber roto el juramento, me había amigado con mi hermano y alguien, por primera vez en mucho tiempo, se ocupaba de nosotros.

TRECE

La bofetada, aplicada con el dorso de la mano, hizo trastabillar a Juani.

—¡Ay! —se quejó el muchacho.

—Interno, vas a ir interno —escupió Candelaria—. Allí vas a aprender a callarte. ¿Cómo se te ocurre hablar con desconocidos sobre eso? ¿No habíamos dicho que nunca más hablaríamos de esa chica?

—Yo no les dije nada —se defendió cubriéndose con una mano por las dudas.

—Si no me avisa María Isabel de que estabas en la puerta con esos tipos, a estas horas estábamos en la cárcel. ¿No te parece que tenemos suficientes problemas? ¿Para qué vamos a buscarnos más?

—Pero, tía, no les conté nada. Ellos me preguntaban pero yo me hacía el distraído. Lo único que quería era que me compraran unos bollitos con azúcar.

Candelaria caminaba por la habitación envuelta en su bata roja de satén y con los cabellos en desorden. El cuarto, pequeñito, justo como para albergar dos camas y un ropero sin puertas, olía mal. No tenía ventanas. En el suelo había un calentador y dos platos con restos de comida. Candelaria ni siquiera escuchaba lo que Juani le decía.

—Claro, el señorito no quiere ir a la escuela y se pasa el día husmeando y escuchando conversaciones de mayores, y metiéndose en lo que no le importa.

Juani permanecía con la cabeza baja. Le ardía la cara por el golpe. Quería frotársela con la mano y dejar salir las lágrimas, pero se mantuvo quieto.

Su tía se sentó en el borde de la cama y extendió un brazo para tomar la mano del niño y acercarlo.

—Vamos a conversar de esto. Ya tienes doce años, ¿no?

Juani asintió con la cabeza. Candelaria suspiró hondo.

—¿Te acuerdas de María, verdad? ¿Cuántos hermanos tenía?

—Cuatro: Salvador, Domingo...

—No importa cómo se llamaban. ¿No crees que ellos se estarán ocupando de esto?

Juani levantó los hombros.

—No es asunto nuestro, Juani. No sé por qué se ha agitado el avispero, pero ya va a pasar. Mantengámonos a un lado. Si hubiéramos escuchado algo, o visto en todo caso, estaríamos obligados a decirlo. Pero no vimos nada, absolutamente nada, ¿cierto?

Juani hizo un gesto vago que hubiera podido significar cualquier cosa, pero la mujer lo interpretó a su conveniencia.

—Bueno, entonces —continuó tomándolo de los hombros—, nuestra obligación primera es con nosotros mismos. Ya viste cómo reaccionó María Isabel esta tarde.

No quiere líos con investigadores. Ella no sabe quiénes son esos hombres y yo tampoco, pero si andan preguntando sobre el asunto del barco pueden traer problemas.

—Es una bruja María Isabel —murmuró el niño.

—Ya sé, pero nos ha dado albergue.

—Por culpa de ella no pude comerme los bollitos.

—Puede hacer algo peor que eso. Puede, si quiere, echarnos a la calle

—¿Y si vuelven? —se preocupó Juani.

—Si esos hombres vuelven, les dices que la veías andar por allí, pero que nunca tuviste relación con ella ni con los hermanos. Ni se te ocurra contarles que estaba todo el día encima de mi caja de costura, ni que me espantó al escribano italiano. Flor de basura debe haber sido, mejor que se fue. Júramelo.

—¿Que era basura?

—No, que me lo espantó —urgió Candelaria desorientada.

Juani cruzó un dedo dos veces sobre los labios.

—Que te caigas muerto —completó Candelaria.

—Que me caiga muerto —repitió Juani obediente.

—Ahora, anda a jugar —le ordenó más tranquila.

Candelaria permaneció sentada durante un rato, mirando la mugre y el desorden. Ella no estaba acostumbrada a esto. Su casa había sido pobre, pero nunca tanto. En el fondo del ropero habían quedado sus agujas de tejer y bordar. No las había necesitado más de dos meses porque pronto se dio cuenta de que no le servirían para sobrevivir. También ella estaba mintiendo a la familia. No había escuela para Juani ni ajuares para bordar. No se quedaba hasta altas horas de la noche con una rica tela sobre la falda.

No, precisamente.

La misma María Isabel le había sugerido la salida, tímidamente al principio. Pero cuando los alquileres empezaron a retrasarse, le explicó con claridad que no era la primera mujer con dificultades que salía adelante. Luego, una cosa fue llevando a la otra —recordó con la frente apoyada sobre sus rodillas—. Todavía le daba vergüenza salir del cuarto de día. No quería que la observaran las mujeres con curiosidad y los hombres con una sonrisa. La única contenta con la situación era la dueña del inquilinato, que cobraba puntualmente ahora y vigilaba un poco al niño. Había sido un error traerlo. Le había prometido a su hermano, el papá de Juani, que lo enviaría a la escuela, que cuidaría de él, que se haría un hombre. Era un chico inteligente, observador y le tenía miedo a pocas cosas. No faltaba mucho para que empezara a cuestionarle esta vida que llevaban. De haber sabido escribir, probablemente ya habría enviado una carta a su padre.

Un golpe sobre el vidrio de la puerta la sacó de sus pensamientos.

—¿Quién es? —gritó sin moverse.

—María Isabel.

Se acomodó un poco el pelo con los dedos, se cerró la bata y abrió.

—Dígame.

—Te busca un caballero —dijo la mujer con un guiño y ladeando la cabeza hacia fuera—. Mayor, muy bien vestido. Nada que ver con los dos que vinieron antes. No me atreví a decirle que era un poco temprano, pero sí que te tendría que esperar unos minutos, probablemente.

Candelaria se cepilló el cabello vigorosamente sentada en la cama y frente a un espejito de cartera. Primero con la cabeza hacia abajo y luego, en sentido contrario. Después se marcó una prolija raya en medio y se hizo dos trenzas que anudó alrededor de la nuca con habilidad y algunas horquillas. Se probó los dos sombreros que tenía y eligió el más sencillo, con un medio velo. Recién entonces, se sacó la bata y se vistió. El traje era largo hasta los tobillos y tenía cuello alto con muchos botones pequeños al frente. No olvidó los guantes que lavaba cada mañana antes de ir a dormir. Cualquiera hubiera dicho que era una señora elegante yendo a una fiesta con su esposo. Pero el color del atuendo hablaba por sí mismo. Era de satén rosa furioso.

Candelaria odiaba que vinieran a buscarla al inquilinato. Por Juani, por los vecinos, por ella. Pero no podía rechazar el dinero, de manera que se dijo a sí misma que era tan solo otra noche más de trabajo y salió del cuarto ignorando miradas, sonrisas y cabezadas a sus espaldas. El hecho de que ella no contestara saludos burlones ni respondiera a algunas bromas había tensado el hilo de la relación con sus vecinos. Las bromas, con el tiempo, se volvieron descaradas y los comentarios se hacían en voz suficientemente alta como para que los oyera.

Tiesa, mirando al frente, cruzó el patio sin saludar, recorrió el pasillo, bajó las escaleras apoyándose en la balaustrada y salió a la calle.

El hombre que la esperaba estaba fumando de espaldas pero cuando escuchó la puerta se volvió inmediatamente hacia ella y arrojó el cigarrillo. Tendría unos setenta años y vestía un elegante traje gris perla con camisa blanca y corbata negra.

—¿Señorita Candelaria? —preguntó con solicitud.

—Sí, señor.

—Permítame —dijo el hombre y le tendió su mano para ayudarla a bajar los dos escalones del umbral—. Mi nombre es Ramón Caballero. Mi esposa supo de su habilidad para bordar y me ha encargado que le ruegue que nos visite en casa. Verá, mi hija mayor se casa en septiembre y nos gustaría saber si usted puede bordar su ajuar. Me refiero a manteles, ropa blanca y esas cosas. También el vestido de novia, desde luego. Bien, ya hablará usted de todas esas cosas con mi esposa. Eso, señorita Candelaria, si usted puede.

—¿Y por qué no ha venido su esposa personalmente? —desconfió Candelaria.

—Hace ya dos años que mi esposa está en una silla de ruedas —respondió con naturalidad el hombre.

—Bien, la visitaré cuando ella me diga.

—Yo he venido con mi coche, y también con una sobrina, quédese tranquila —señaló el hombre hacia la ventanilla desde donde sonreía una niña de unos doce años—. Si usted quiere, podríamos ir ahora mismo. Y también la traeré de regreso, si me lo permite.

Candelaria sonrió para sus adentros. Ésta podría ser la oportunidad que había estado esperando.

El trayecto fue breve. Atravesaron la plaza Mayor y marcharon unas diez cuadras hacia el sur hasta entrar, dejando atrás la rotonda llena de flores, en el bulevar Cabildo con sus orgullosas palmeras recién plantadas y sus bancos de plaza de hierro forjado y madera lustrada. Finalmente, el auto se detuvo frente a una mansión. Candelaria contuvo el aliento. No se había atrevido a soñar con tanto. A un simple toque de bocina, un empleado uniformado y tocado con una gorra con visera acudió a abrir el portón de doble hoja, y lo cerró una vez que el vehículo se internó por una callecita empedrada que bordeaba fuentes y canteros hasta desembocar en una casa blanca e imponente. Sin embargo, el conductor, que apenas le había dirigido la palabra durante el trayecto, no se detuvo sobre el frente de la mansión, sino que tomó un camino secundario que costeaba la propiedad hasta llegar a una construcción más pequeña, posiblemente ocupada por sirvientes, y aún así muy agradable, donde finalmente estacionó. Ramón se apresuró a ayudarla a descender y con un gesto le indicó una puerta. Candelaria se sorprendió de que no estuvieran encendidas las luces del pequeño vestíbulo al que fue guiada por la mano suavemente apoyada en su espalda de Ramón Caballero.

La luz de una lámpara rompió la oscuridad del cuarto en ese momento. Una mujer de unos cuarenta años, elegantemente vestida de blanco y sentada en un sillón de seda, probablemente para producir un impacto visual, la observaba inmóvil.

—Elisa Retamero, viuda de Caballero —murmuró Candelaria silabeando.

—Muy buena memoria.

Luego, dirigiéndose con autoridad hacia el hombre que la había conducido hasta allí, dijo:

—Puedes retirarte, Pedro. Te llamo si te necesito. Y te llevas a esa niña de aquí, también. No tengo ganas de escuchar ruidos hoy.

—Bien, señora —respondió el otro sin molestarse por la mirada de Candelaria.

—¿Qué es esto? ¿Para qué me han traído aquí? ¿Quién es este hombre?

Elisa no disimuló un gesto de disgusto.

—Ésta es la casa de mi cuñado, Ramón Caballero, donde ahora vivo. Este hombre es uno de los dos chóferes y su verdadero nombre es Pedro, como ya escuchaste.

Candelaria permaneció frente a Elisa aturdida, indignada y con un sentimiento de temor arañando el borde del raciocinio. Se sentía manoseada, humillada, con ese vestido que la delataba más que mil dedos señalándola y mucho más que todos los rumores que pudiera haber escuchado esa mujer.

—Veo que estás mejor de lo que esperabas —dijo mirando a su alrededor.

Elisa dejó escapar un suspiro.

—No me puedo quejar, o no debería, al menos. Mi cuñado es un hombre rico, como ves. Rico, influyente y con muchas relaciones. Manda a mis hijos a la escuela con sus propios hijos, y yo tengo mi habitación. Está al fondo de la casa, cierto, pero es sólo para mí. Con mi cuñada, voy apañándome.

—Bueno, me alegro. Como ves, no es mi caso. ¿Cómo me localizaste?

—Encargué a Pedro eso.

—¿Y por qué no fuiste a verme a mi casa en vez de traerme engañada?

—Porque habría tenido problemas con mi cuñado si se hubiera enterado de que salí de la casa. Y te aseguro que se hubiera enterado. Este Pedro es bueno para hacer mandados, pero el sueldo se lo paga Ramón, así que...

—¿Y por qué no le va a contar esto?

—Lo único que tiene que ocultar es que le hice usar el apellido Caballero. El collar de mi madre creo que se lo borrará de la memoria. Por lo demás, te voy a encargar un mantel para la mesa del comedor y ésa va a ser excusa suficiente para haberte mandado a buscar.

—Te podrías haber ahorrado el disgusto de desprenderte del collar. Para mí el apellido de tu cuñado no significa nada y del mantel olvidáte. Ahora me dedico a otra cosa. ¿Para qué me llamaste?

—Siéntate, por favor —ofreció Elisa señalando una butaca forrada en raso durazno con flores en color marfil—. Quería verte porque me enteré de que hay dos hombres husmeando por el tema de aquella niña que desapareció en el barco, te acordarás.

—Sí.

—¿Fueron a verte? —preguntó Elisa irguiéndose en su asiento.

—Fueron, pero no me vieron. Hablaron con Juani, mi sobrino.

Elisa bajó el tono de voz y miró hacia todos los lados.

—Aquí hablaron con Ramón; quiero decir, el verdadero Ramón Caballero. Él les negó el permiso para hablar conmigo y con mis hijos.

—Hay dos cosas que no entiendo: por qué te preocupas y para qué me llamas a mí.

Elisa comenzó a sacudir su cabeza con movimientos espasmódicos, crispados, mientras el resto de su cuerpo se mantenía rígido.

—Van a volver, Candelaria. Lo sé. Uno de ellos es juez.

—Elisa, yo no tengo por qué preocuparme. Lamento lo que les ocurrió a los chicos, pero no puedo hacer nada y, a decir verdad, hoy tengo mis propios problemas. Me regalaste mucha ropa durante el viaje y te lo agradecí en su momento, pero el tema de esa niña no tiene nada que ver conmigo. Y ahora, me voy porque no quiero encontrarme con tu cuñado.

—Cuando te interroguen, ¿qué les vas a decir?

—Dudo que lo hagan pero, si así fuera —agregó poniéndose de pie—, ya te lo he dicho: no sé nada.

—Puedo hacer que Pedro te lleve de regreso —ofreció Elisa.

—Ni se te ocurra. Sólo dile al payaso del gorrito que me abra el portón. Y nunca, nunca más, vuelvas a hacerme una cosa así.

Elisa, en un movimiento rápido, extendió el brazo e introdujo varios billetes enrollados dentro de la cartera de seda rosa que Candelaria llevaba colgada de su muñeca. Las dos mujeres se miraron por un momento sin parpadear, midiéndose, como quien tantea con la punta de un zapato un terreno peligroso. Finalmente, Candelaria tragó en seco[7] y bajó la vista. Al fin y al cabo, había dado mucho más por mucho menos.

—No me viene mal —susurró—. Pago el alquiler del chiquero donde vivo del uno al diez.

—Veré qué puedo hacer. No me olvido de que fuiste una buena compañera —dijo Elisa mirándola salir.

Ramón Caballero empujó la puerta de la reja y entró en el jardín de su casa. Disfrutaba del sencillo acto de sacar la llave de su bolsillo y hacerla girar en la cerradura perfectamente aceitada. Le satisfacía profundamente, sobre todo de noche, caminar por el sendero que bordeaba los jardines hasta la fachada de la casa.

Hoy había dejado a sus amigos un poco más temprano que de costumbre. No se sentía del todo bien y prefirió disculparse y no acompañarlos con otra copa y el cigarro.

Le gustaba andar las pocas cuadras que lo separaban del selecto edificio donde funcionaba la Asociación de

[7] Tragar con la garganta seca, hacer sólo el movimiento mecánico de tragar.

Innovadores, una fundación sin fines de lucro que acogía a todos los ingenieros y arquitectos europeos que pudieran pagar la cuota y mantener un decente nivel de vida. Funcionaba en una casona nueva de dos plantas, muy similar al club español con sus escalinatas importantes de madera y mármol, pero construida de cara al río y con una enorme terraza semicircular que era una delicia en esta época del año. En invierno, la gran biblioteca no ofrecía menos placer con sus revestimientos de madera, sus sillones de cuero rellenos de pluma de ganso y las lámparas de pergamino auténtico diseminadas por toda la estancia.

También su casa era muy bonita —«¿y por qué la modestia?», se preguntó mirándola—, majestuosa era, no bonita. ¿O no había vivido allí un cónsul durante varios meses? No había sido fácil comprarla y no por el precio, no, señor. Había sido difícil lograr que lo pusieran en la lista de posibles compradores y, una vez inscrito, conseguir el primer puesto había costado un Perú. No en dinero, esta vez. Ese último aspecto de la operación se había manejado sólo por influencias.

«Y aquí está la familia Caballero», pensó Ramón deteniéndose un instante frente a las columnas con capiteles y la escalinata de mármol que conducía a la puerta de doble hoja tallada en cedro norteamericano. El llamador era de bronce y plata y había sido hecho por un artesano florentino. El diseño de una mano femenina tañendo una campana había despertado la admiración de algunos arquitectos amigos.

Ramón esperaba que no estuvieran a la vista ni Elisa ni sus niños, que para algo los había ubicado en la casa del fondo. Deseaba comer algo ligero y sentarse a leer antes de ir a la cama. Por suerte, su mujer y sus hijos habían salido por unas cortas vacaciones a casa de su suegra, en el campo.

Había cometido un error al traer a la familia de su hermano desde España. Debió haber seguido su primer impulso, mucho menos meditado, más visceral y totalmente honesto, que fue haberles enviado una cantidad de dinero —que no hubiera sido mezquina, por cierto— y mantenerse en contacto. Habrían sobrevivido, claro que sí. En poco tiempo, Elisa habría encontrado otro esposo que fuera a la vez buen padre para los niños, él se habría ahorrado un montón de dinero y a otra cosa. Ahora —se recriminaba a menudo— los tenía a todos allí y debía ocuparse de las escuelas, de la ropa, de que no se encontraran muy seguido su cuñada y su esposa, y la obligación se prolongaría con las profesiones de los varones, noviazgos y un sinfín de etcéteras.

Elisa había sido dotada desde el principio con una cantidad mensual de dinero que podía usar a discreción en la modista, sombrerera, peluquera, etc., y tenía que reconocer que había sido más que discreta y lista a un tiempo. Nunca sobrepasó el límite.

La relación con su esposa había sido, y aún era, un tema de cuidado. Su cuñada, cauta al principio, había buscado con los meses un territorio propio obligándolo a intervenir en más de dos ocasiones. No para defender a una o a otra, sino para contemporizar y que se hicieran las paces. «Esas guerras minúsculas de mujeres tienen lugar porque les solucionamos todos los problemas —pensó en ese momento—. Algún día, deberíamos ponernos de acuerdo todos los hombres y dejarlas salir a ganarse el pan como hacemos nosotros. Ya verían entonces como no quedaba tiempo para tonterías».

Aunque, pensándolo bien, dejarlas a su libre albedrío —volviendo al tema de las mujeres— podía llegar a traer más problemas. Sin ir más lejos, eso de administrar medicina sin tener un título, como había hecho Elisa durante el viaje, lo había sacado de quicio. Ponerse en peligro de ser denunciada o de provocar un mal mayor que el que se quiere aliviar, habiendo un médico a bordo, había sido una decisión insensata, por lo menos. Cuando hablaron del tema, su cuñada aceptó deshacerse del maletín con todo su contenido medicinal y también estuvo de acuerdo en no volver a mencionar la cuestión farmacéutica. A Ramón le gustaban los términos «aceptar» y «estar de acuerdo». En su opinión, era la forma de resolver todas las relaciones humanas y de lograr la armonía cotidiana. Se sentía muy feliz cuando la gente aceptaba y estaba de acuerdo con sus decisiones.

La única molestia había sido la visita de aquellos dos hombres unas semanas atrás, removiendo esa desgraciada circunstancia después de tanto tiempo. Se había mostrado cortés, igual que ellos, pero sabía que eso no significaba nada. Si la cosa se complicaba, mostrarían la otra cara y él se vería obligado a actuar. Durante unos días se mantuvo alerta, pero quieto. No volvieron a dar ninguna señal y se permitió el alivio. Simplemente, se dijo que prefería no pensar demasiado en eso. Un tema extremadamente desagradable en el que no iba a dejarse involucrar.

Ramón encendió las dos lámparas del vestíbulo, colgó su saco en el roperito junto a la puerta y guardó el sombrero en su caja. Se sirvió una copa de coñac y se dirigió a su sillón favorito, junto a la ventana. Sólo por costumbre, antes de sentarse, miró hacia fuera corriendo un poco las cortinas. A veces, el sereno olvidaba encender los faroles del jardín lateral. El destello rosa del traje de Candelaria Blanco saliendo por el portón de vehículos lo sorprendió. ¿Sus empleados estaban recibiendo visitas nocturnas a sus espaldas? ¿Quién? No Pedro, claro. Por él ponía su mano derecha en el fuego. El muchacho nuevo posiblemente, con ese aspecto de semental en llamas, podría haber tenido la idea. Pero, ¡qué descaro!

Bien, hablaría con Pedro por la mañana. Él se encargaría de todo.

Ramón Caballero detestaba las malas noticias y los disgustos durante el desayuno pero, un poco por curiosidad y un poco porque había algo en el aire que lo tenía ansioso, había sucumbido esa mañana a la tentación de consultar a Pedro sobre la dama vestida de rosa. Bien podría haberse dirigido directamente al nuevo empleado, pero le gustaba conservar una cierta formalidad en la jerarquía entre su gente.

Con la taza de café en la mano, trató de que no se le notara en la cara la expresión de alarma que sintió cuando Pedro, carraspeando, le contó sobre el encuentro entre Elisa y Candelaria. Dejó a su chófer buscando las palabras para explicar la confusa situación en que había quedado envuelto y, a grandes zancadas, cruzó el jardín hacia la casa de su cuñada, sin importarle que Elisa jamás dejaba la cama antes de las diez.

—¿Te has vuelto loca? —le preguntó desorbitado y gritando, aunque haciendo esfuerzos por contenerse.

Elisa adelantó ambas manos para explicarle.

—Y no me ofendas con la historia de la bordadora de manteles —le advirtió Ramón—, porque sé perfectamente de qué trata este contubernio. Estoy seguro de que esa mujer también venía en el barco con vosotros y yo te prohibí, expresamente te prohibí, tener ningún tipo de relación con nadie que hubiera estado a bordo. ¿Es o no es así?

Por un momento, Elisa temió que su cuñado perdiera los estribos y la abofeteara. Tenía la cara crispada, los puños cerrados y cuando le hablaba, con los dientes cerrados, adelantaba el torso.

—Quería saber —murmuró Elisa retrocediendo un poco.

—¿Qué carajo querías saber? ¿No te bastaba con lo que te dije que iba a pasar?

—Pero los hombres que vinieron...

—Vinieron, pero yo manejé la situación, ¿o no?

—Ramón, estoy asustada.

—Quiero que entiendas esto, Elisa: si me complicas la situación, te subo a un barco con tus críos y te mando de vuelta.

Elisa agachó la cabeza y se tapó la cara con las manos.

A Ramón le dio miedo esa mujer que había perdido las fuerzas. El más mínimo interrogatorio la haría polvo. Tenía que eliminar esa posibilidad. Se negó a detenerse en pensamientos de contrición por haberla traído. No era el momento de mirar hacia atrás. Tenía que pensar. Pensar bien. Imaginó lo que podía ocurrir si se volvía sobre el tema de las medicinas y hasta dónde podría él quedar involucrado. Un escalofrío le rozó la nuca.

Decidió que le convenía lograr toda la información posible sobre la visita de esta mujer, y con una escena de pánico no lo lograría. Se sentó en un sillón, cruzó las piernas y trató de recuperar el aliento y fingir una tranquilidad que no sentía.

—¿Qué le dijiste a tu amiga? —preguntó Ramón.

—Nada absolutamente, te lo juro. Sólo quería saber si a ella también la habían visitado.

—¿Y?

—Fueron, pero no la vieron.

—¿Qué sabe esa mujer de la chica?

—Nada. Absolutamente nada. Ella estaba a bordo y éramos amigas.

—Aparte de anoche, ¿tuviste algún tipo de contacto con ella, le mandaste algún mensaje, escrito o hablado, a través de alguna persona? Y te aconsejo que pienses bien antes de responder, cuñada —agregó apoyando suavemente la punta de los dedos sobre el hombro de la mujer.

Elisa contuvo un temblor.

—Ramón, te juro por mis hijos que nunca volví a verla ni a comunicarme con ella.

—¿Cómo supiste dónde ir a buscarla?

Hubo un instante de vacilación.

—Porque me pareció verla en la iglesia un día de la semana pasada.

—¿Y así supiste dónde vivía?

Otro instante.

—Bueno, ya sabes cómo somos las mujeres. Una amiga mía, la señora Delfina, también la conocía y por curiosidad, no porque quisiera ir a visitarla, porque eso nunca se me pasó por la cabeza, por curiosidad nada más, te decía, le pregunté si sabía dónde vivía. Y así fue cómo me enteré.

—Ajá. Bueno —respondió Ramón con aire de reflexión y con las manos cruzadas bajo el mentón.

Parecía una posición de rezo, pero el rostro no estaba inclinado y los ojos estaban abiertos, mirando a un punto indefinido por encima de Elisa. Luego habló con voz pausada y serena, como si finalmente hubiera llegado a una conclusión.

—Cuñada, creo que, aun cuando haya algún problema, esto finalmente va a resolverse. Tengo mucha gente conocida que me debe favores. Por el momento, mi decisión es que sigamos viviendo como si nada hubiera ocurrido. Si vuelven estos caballeros, les dirás que no recuerdas gran cosa del viaje. Si te preguntan sobre tus botellitas, les dirás que diste un poco a un par de personas con vómitos y mareos y que ya te has desecho de todo. Sólo se puede administrar medicamentos sin ser un profesional a la familia, me entiendes, nunca a extraños y a la vista de todos, como ya te he dicho. Ahora bien, has borrado de tu cabeza todo lo que sucedió a bordo. No recuerdas nada por más que te esfuerzas a veces. ¿Me sigues?

Elisa asintió con la cabeza, casi contenta de que las instrucciones fueran tan simples. ¿Por qué se habría dejado llevar por el pánico? Pensó que los hombres tienen siempre ese pensamiento claro para resolver dificultades.

—Ahora bien —continuó Ramón poniéndose de pie—, si algo no funcionara como esperamos, debemos estar preparados para tomar decisiones imprevistas, ¿verdad?

Elisa volvió a asentir, aunque ya no seguía el hilo.

—Número uno: necesito la dirección de Candelaria. Es posible que tenga que hacerle una visita. Número dos: quiero que estés lista por si tuvieras que salir de viaje por unos meses. No te asustes, no me refiero a volver a España.

—Pero, ¿adónde iría? —preguntó Elisa con las manos sobre el pecho.

—No te preocupes. Yo me encargo de eso. Por ahora, todo sigue como está.

Eso es lo que Elisa deseaba escuchar: «Yo me encargo». No es que supiera exactamente de qué se encargaría su cuñado, pero era tranquilizador. En verdad, si hubiera hurgado un poco más hondo en el significado de aquella especie de promesa, se habría preocupado, claro. No era tonta

Elisa. Pero no hurgó porque si algo deseaba desesperadamente era dejar atrás el miedo que parecía habérsele pegado a la piel desde aquel día en el barco. Y esta promesa confusa, oscura, era, con todo, suficiente por el momento.

—Una cosa más —agregó Ramón volviéndose hacia ella con su mano en el pomo de la puerta—. No vayas a equivocarte.

Casi fue un ruego en voz baja, un pedido dicho de buenas maneras y hasta acompañado por una sonrisa insegura: «No vayas a equivocarte».

Lo que asustó a Elisa fue la mirada. No había pedido, ni buenas maneras, ni sonrisas allí.

«No vayas a equivocarte».

CATORCE

Antes de que terminara la semana en que me peleé con Francisco, el juez me mandó llamar.

—Llegó el momento de hablar con tu hermano, Josep. Sé que no te gusta la idea, pero necesito la firma de un mayor de edad para llevar adelante lo que resta de la investigación.

—No se preocupe, señor. He arreglado las cuentas con Francisco.

—Bien, así me gusta. Los espero aquí el miércoles.

Nos reunimos en el escritorio donde había comenzado todo. Estábamos don Juan, el juez y nosotros dos.

—Francisco, aquí con don Juan hemos llegado a un punto de la búsqueda en que se nos abrirían más puertas si vamos oficialmente. Y la única forma es que se haga una denuncia. Necesito tu firma aquí. Podés leerlo con detenimiento. Vas a encontrar muchas cosas difíciles de entender, términos técnicos y esos detalles. Yo te los explico uno por uno pero, básicamente, vas a tener que confiar en nosotros.

Francisco miró mudo los papeles delante de él y luego a don Juan. Firmó sin leer.

—¿Será posible hacer algo después de tantos meses?

—Fácil no va a ser. La denuncia debió hacerse cuando todavía estaban a bordo.

—La hicimos. Al capitán del barco. Él me mostró dónde la había anotado.

—¿Firmaste algo?

—No me pidió que firmara nada.

—¿Alcanzaste a leer lo que te mostró?

—No —contestó Francisco avergonzado—. El capitán me enseñó algo y a mí me dio vergüenza decirle que leo despacio. No sé si lo que me mostró decía algo de María.

—D'Onofrio es un sinvergüenza de cuidado —murmuró el juez mirando a don Juan—. Tiene historias de todos los colores y ahora está por jubilarse. Pero no importa cuánto hace de esto —agregó dirigiéndose a los chicos de nuevo—, se hará lo que sea necesario para reavivar el fuego. Tengo alguna buena gente conocida que me puede ayudar. Y ahora vamos a explicaros qué es lo que haremos y por qué. ¿Podemos hablar con franqueza?

—Sí, señor.

—Es difícil conjeturar pero, aún así, podemos analizar dos, tres, quizás, posibilidades. La niña pudo haber subido alguna de las escalerillas de cubierta para curiosear, trastabillar y caerse al mar. Es una alternativa y no la descarto, pero para eso se necesita bastante tiempo y es extraño que nadie la haya visto. Luego está, claro, la opción de que alguien la haya atacado. En esos casos, el culpable intenta deshacerse del cuerpo. Y por último, en este tipo de casos, siempre se considera la posibilidad del rapto, pero como les digo, la menciono al final porque la falta de pedido de rescate me obliga a descartar el tema. El análisis de estas tres situaciones posibles se dificulta porque la fiesta de ese día se constituye en la excusa perfecta para que nadie haya visto u oído nada. Incluso a ustedes, que estaban siempre detrás de María, pudo habérseles escapado por un minuto sin que lo advirtieran.

El juez suspiró hondo. Explicaba todo con sencillez. No trataba de elegir las palabras para que nos dolieran menos ni edulcoraba las posibilidades.

—Ahora bien, estamos estudiando la segunda posibilidad. Vamos a intentar volver a hablar con toda la gente que más cerca estaba de ustedes. En general, los niños confían con sencillez en la gente que frecuentan. En un alto porcentaje, el culpable se encuentra en el entorno más cercano. Sin embargo, no podemos olvidar que pudo haber sido cualquiera. Con Juan ya hemos eliminado a varios en una recorrida a vuelo de pájaro, pero viajaban demasiadas personas en ese barco, de manera que por más que trabajemos, la búsqueda puede dar cero. Eso lo entienden, ¿verdad? No hay garantías, lamentablemente.

Nosotros dos asentimos con la cabeza.

—Nuestros candidatos para volver a entrevistar son: la señorita Candelaria Blanco, la señora Elisa Retamero de Caballero, su cuñado Ramón, aunque él no estaba en el barco, el pastor Timoteo Laguna y un niño llamado Juani.

—Juani era el sobrino de Candelaria —dijo Francisco recordándolo de pronto.

Ambos nos habíamos olvidado de ese niño escurridizo y simpático. Yo había charlado con él varias veces porque estaba entre los pocos que no se burlaban de María ni se impresionaban de su dedo de cuero y, además, porque era medio huérfano y eso nos hacía sentir que teníamos todo en común.

—¿Por qué quieren interrogar a Juani? —preguntó Francisco—. Es sólo un niño.

—A Juani —explicó el juez— lo encontramos de casualidad cuando, en realidad, estábamos buscando a su tía. Comenzó a contarnos algo sobre lo ocurrido en el barco, os advierto que me impresionó por ser un niño muy despierto, y en un descuido nuestro, porque nos distrajimos, desapareció.

Don Juan asintió, sacudiendo la cabeza como lamentando tener que aceptar que el niño había resultado más listo que ellos. Continuó con el relato:

—Cuando lo fuimos a buscar al lugar donde creímos que vivía, nos dijeron que no lo conocían. Ni a él ni a su tía. Una situación de escondrijos y mentiras muy extraña se nos presentó allí.

Luego, don Juan y el juez nos explicaron que podrían tener en ciertos casos la necesidad de que nosotros participáramos en algún interrogatorio. Sobre el final de la charla el juez también nos dijo, esto sí con mucha cautela, que existía la remota posibilidad, y recalcó remota con un gesto de la mano, de que el cuerpo de María hubiera llegado a tierra, en cuyo caso intentarían recuperarlo.

Esto último fue un verdadero golpe. No es que esta posibilidad cambiara mucho las cosas, pero era una vuelta más de tuerca.

Tuvieron la delicadeza de no preguntarle a Francisco la razón del silencio, del juramento, del ocultamiento y se lo agradecí de corazón.

—¿Tienen alguna idea de quién pudo haber...? —se atrevió a preguntar mi hermano.

—Aún no —contestó el juez—, pero el hecho de que haya gente negándose a vernos y a cooperar ya nos dice algo. Veremos. Los próximos días pueden arrojar alguna luz sobre este misterio.

Don Juan se acercó a Francisco y le puso una mano sobre el hombro.

—Lo siento. Esto no es fácil para ustedes y probablemente se ponga peor, pero no es nada comparado con lo que llevarían sobre sus conciencias hasta el último día de sus vidas si no averiguan o, al menos, hacen el intento de averiguar qué es lo que realmente ocurrió.

Francisco se levantó, tendió la mano a los dos hombres, les agradeció lo que estaban haciendo por nosotros y les dijo que estaba a disposición de ellos.

QUINCE

Modesto Valero, más conocido por todo el mundo como «el juez», a secas, salió a caminar aquel amanecer mientras todos estábamos aún en la cama. Era un solitario y disfrutaba de su soltería. No se le conocían novias o compañeras, pero sí se sabía que siempre había interesadas. El hecho de que viviera la mayor parte del año en Barcelona, donde había nacido, aumentaba el misterio alrededor de su persona. Aunque su trabajo lo asociaba permanentemente con círculos de poder e influencias, tenía la vida social que disfrutaba: muy escasa. No aceptaba invitaciones a comidas, ni fiestas, ni inauguraciones o cortes de cintas porque detestaba dar la mano infinidad de veces a personas desconocidas y que le sonreían sólo por su rango.

Con Juan Parelló era diferente. Habían sido amigos durante la infancia y la juventud. Sus madres habían sido amigas y alguien les había contado que sus abuelos habían peleado por la misma mujer. Pero esto último posiblemente haya sido una baladronada de alguna borrachera y aunque cada tanto se reían de la anécdota, en realidad, nunca lo creyeron. Desde que Juan enviudó, ya en América, cada vez que el juez viajaba, se alojaba en casa de su amigo. Juan tenía dos hijas casadas que no vivían con él y mucho espacio, por tanto, para compartir.

En estas cosas pensaba el juez mientras caminaba por las calles solitarias y apenas iluminadas. Su mente se despejaba a esa hora de la mañana y no eran pocas las veces en que había regresado a desayunar con un problema resuelto. No esperaba tanto en estas circunstancias, pero sentía que le hacía bien pensar, caminar, sentir el fresco nuevo en la cara, la luz todavía tersa y oír nada más que las suelas de sus zapatos sobre el empedrado.

Sin rumbo caminaba y sin cansarse. Era capaz de andar veinte, treinta cuadras sin darse cuenta. Sólo la luz del día le indicaría la hora de regresar. Por el momento, su cabeza dejaba que las ideas llegaran en tropel y que las preguntas lo acorralaran. En algún momento, lo sabía por experiencia, su mente sacaría a luz una posibilidad, una salida, una respuesta en el mejor de los casos.

De pronto, doblando una esquina, le llegaron voces de discusión desde adentro de un zaguán. Para dar una idea más exacta, deberíamos decir que una sola voz parecía discutir. La otra sonaba sumisa. Era una zona de mala fama y no le pareció al juez demasiado extraño que hubiera una pelea. El alcohol, la despedida, la hora de pagar, cualquiera de estas razones era suficientemente buena para iniciar un problema. Siguió caminando. No era su intención espiar ni meterse en lo que no le importaba. Sin embargo, escuchó que la voz de la mujer gemía y suplicaba y comenzó a caminar más despacio. Estaba apenas a unos pasos del vestíbulo de donde salían las voces y aminoró aún más la velocidad. El juez detuvo la marcha frente a la puerta del zaguán y echó una fugaz mirada hacia el interior, en la semioscuridad, apenas un instante, fingiendo buscar algo en su bolsillo. Fue la oportunidad para que la mujer, en caso de necesidad, le hiciera una seña. Cualquiera hubiera bastado. Un taconeo, un gesto, demás está decir un grito. En ese caso, hubiera intervenido. Pero ningún sonido o movimiento surgió de allí adentro y el juez siguió su camino.

Aún en la penumbra, había reconocido el mechón blanco de don Ramón Caballero.

DIECISÉIS

Después de la conmoción que significó para mí la pelea con Francisco, las cosas empezaron a plantearse de otra forma. Romperle la cara a mi hermano, enfrentar su autoridad y discutir sus razones me llevó, digamos, a un cierto protagonismo. Francisco, por sí solo, había tomado el lugar de papá y ahora yo me había plantado a su lado. El primer problema que vino a mi mente fue: ¿quién va a contestar la carta a Lupe? Francisco lo resolvió con sencillez: sacó la carta de su bolsillo y la puso en el mío.

Nunca supimos quién contó a Lupe lo que había sucedido. Quizás fue alguien que regresó o alguien que escribió a un pariente de nuestro pueblo. No lo sé ni tampoco importa. Encarna me ayudó mucho. No me dictó, pero me organizó las ideas para que la carta fuera clara. Fue muy difícil porque había que escribir sobre nuestra tragedia, pero también sobre sentimientos y sobre las razones que nos habían llevado a mentirle, a guardar silencio. Rompí varias hojas antes de quedar conforme. Esa primera carta tenía una carga tremenda. Entendí que no podía echar sobre Francisco toda la culpa y omití la presión del juramento. Lo hice, no para defenderlo, sino porque lo consideré justo.

Claro que también le conté sobre los nuevos amigos que nos estaban ayudando ahora. Eso no alcanzaba a ser una buena noticia al lado de lo otro, pero al menos sabría que estábamos acompañados.

Muchos años después, encontré aquella carta entre papeles de Lupe, en el fondo de un cajón, cuando ella ya no estaba. Me sorprendí. No había ningún niño asustado allí. No había temblor en el relato y las palabras soltaban un sonido de hombría y fortaleza que yo estaba lejos de sentir. Quizás era lo que yo quería transmitirle a Lupe o quizás era que el chiquillo ya se había marchado.

Jamás nos desentendimos de María. Jamás dejamos que comiera o durmiera sola. Hicimos lo que habíamos dicho que haríamos la última vez que estuvimos juntos los seis. Lo hicimos porque queríamos protegerla y porque la amábamos, y nunca de mala manera. Cuidamos de ella, Lupe querida. Pero éramos niños. Hace poco más de un año de aquello pero, a veces, creo que han pasado veinte. El juramento de silencio fue porque no pudimos hacer frente a la verdad y tuvimos que encerrarla y taparla. Creímos que de esa manera seríamos capaces de levantarnos cada mañana y hacer la tarea que nos tocara. Creímos que, poniéndole un cerco al dolor, terminaría desapareciendo, y que un día acabaríamos hablando de María como hablamos de mamá y papá. Todos estuvimos de acuerdo, Lupe. Todos prometimos no hablar nunca más de nuestra hermana y durante un tiempo funcionó o nos pareció que funcionaba.

Conté lo que ocurrió a una amiga que trabaja en la misma casa que yo. Ella me escuchó y me ayudó a encontrar ayuda. Ahora estamos buscando la verdad.

Gasté casi un lápiz entero y un cuaderno que Encarna me regaló. Cuando finalmente la tuve lista, no me atrevía a enviarla. Después de varias semanas, Encarna me puso el sobre en la mano y dijo:

—No es justo lo que estás haciendo.

Y la envié.

Lupe tardó meses en contestar. Claro que en aquellas épocas no existía la sensación de inmediatez que llegó más tarde. Sabíamos que las cartas tardaban en llegar, de la misma manera que las plantas tardaban en crecer. Los botones no formaban parte de nuestras vidas y tampoco los necesitábamos. La gente se tomaba el tiempo para conversar personalmente, para visitarse, para escribir cartas y para responder a las recibidas.

Algunos años más tarde, Lupe enviudó, heredó una buena fortuna y vino a vivir con nosotros. Entonces tuvimos oportunidad de hablar cara a cara sobre nuestros sentimientos, hacernos preguntas, abrazarnos, llorar unos en brazos de otros, compensar de alguna forma el abismo que nos separó durante tanto tiempo. Pero, en aquel momento, un lápiz de albañil y un trozo de papel era lo único que teníamos.

DIECISIETE

El juez, como supe después, revisó meticulosamente los documentos que autorizaban a comenzar la investigación. No había sido fácil el trámite, pero le habían servido sus muchas influencias en el gobierno para saltar por encima de ciertos requisitos que, de haber tenido que cumplimentarlos, varios meses, hasta quizás un año, no habrían sido suficientes. No sintió remordimiento alguno. Sabía que en contadas y muy especiales ocasiones podía valerse de su larga trayectoria e intachable fama.

—Tendremos una charla con Candelaria Blanco para empezar —decidió.

—No estamos seguros de dónde vive —objetó Juan.

—Vive en el inquilinato de María Isabel Soto, aunque ella lo niegue.

—¿Y si se mantiene en la negativa?

—Si me presenta pelea le voy a pedir todas las autorizaciones, que no tiene, para habilitar las habitaciones.

—¿Cómo sabés que no las tiene?

—Porque fueron propuestas hace dos años por el Congreso ante la enorme cantidad de pensiones, conventillos y hoteluchos de mala muerte que se abrían para los inmigrantes. Y nunca llegaron a aprobarse porque esos hospedajes son un suculento negocio y buena parte están regentados por políticos que usan testaferros, desde luego. Allí tenés la razón por la que se demora la aprobación de la ley. Pero eso, querido amigo —sonrió el juez—, María Isabel no lo sabe. Y acá tengo la lista de los requisitos.

Juan echó un vistazo a la interminable lista con aire divertido. Las reglamentaciones propuestas tenían que ver con las dimensiones de los cuartos, cantidad de camas y frazadas, con la ventilación, tamaño de las ventanas, cantidad de baños por cuartos, retretes, mobiliario de la cocina, cantidad de animales domésticos y de corral sueltos permitidos y una lista al día de cada uno de los habitantes del establecimiento, entre otras muchas cosas. Dudaba de que el mejor hotel de la ciudad cumplimentara todos los requisitos, excepción hecha de los animales sueltos.

—Cuarto ocho, frente a la pajarera, segundo piso —gruñó María Isabel luego de leer las cuatro primeras disposiciones legales.

Juan dobló con displicente lentitud el papel sellado y firmado por su amigo, lo guardó en su bolsillo con un leve cabeceo en señal de agradecimiento y siguió al juez escaleras arriba. Era temprano aún y los que no habían salido a trabajar, dormían.

Les llevó un rato lograr que Candelaria abriera la puerta y, a ella, un segundo darse cuenta de quién estaba allí delante.

—Señorita Blanco, soy el juez Modesto Valero y me acompaña don Juan Parelló. Necesitamos hablar con usted —dijo muy ceremonioso el juez enseñando sus credenciales.

La mujer no miró a los hombres, ni los documentos, sino más allá. Aún no había gente en el patio pero pronto, apenas oyeran voces, saldrían de sus habitaciones para escuchar descaradamente lo que pudieran. Recordó el temor de Elisa y se dio cuenta, una vez más, de que ella no tenía nada que temer. Nadie podía acusarla de nada. Sólo había conocido a la niña a bordo, jamás le había hecho daño ni había visto a nadie hacérselo. Ése era todo el discurso. Los haría pasar y contestaría las preguntas con serenidad, se prometió.

Candelaria hizo un gesto hacia el niño dormido en un catre medio deshecho y puso un dedo sobre los labios mientras abría la puerta apenas un poco más para que los hombres entraran. Cerró hasta el cuello su gastada bata de algodón y les indicó con un gesto dos sillas de paja medio destartaladas. Ella se sentó en el borde de la cama sólo porque la idea de permanecer parada le pareció peor.

—Bien, señorita, si no le importa, el señor Parelló va a tomar nota de sus respuestas. Serán sólo unos minutos de molestia, no más. Sabe, supongo, qué es lo que nos trae hasta aquí —dijo el juez en voz baja tratando de no despertar a Juani.

—No, señor.

—Bien —suspiró el juez—, empezaremos, entonces, por el principio.

Comenzó una monótona retahíla de preguntas con respecto a la fecha en que zarparon y arribaron, nombre del buque, propósito del viaje y algunas otras que el juez utilizó sólo para dejar establecido que él hacía las preguntas y ella las contestaba. Mantuvo un tono formal, casi ceremonioso, y un gesto adusto y vigilante con el único objeto de derribar esa resistencia que notó de entrada. Y entonces, repentinamente, como un viraje de laucha[8] se lanzó de lleno al tema.

—¿Conoció usted durante ese viaje a los hermanos Centenera? Sus nombres son Francisco, Josep, Domingo...

—Sí, los conocí —interrumpió Candelaria.

—A María también, asumo entonces. La niña que desapareció.

—Sí, señor. Pero no tengo nada que ver con eso.

—No he dicho que usted tuviera que ver, señorita. Tranquilícese. Estamos aquí porque necesito algunas respuestas. Debe saber que se ha abierto una investigación oficial sobre la desaparición de María.

—¿Y por qué vienen a preguntarme a mí?

—La investigación comprende a todos los que hayan tenido contacto con la familia y, especialmente, con la niña. No es usted la única persona a la que estamos interrogando pero, como comprenderá, debemos cotejar las respuestas. Continuamos, entonces. Sabemos que se llevaba muy bien con ella.

—Sí. Era una niña encantadora y yo la adoraba.

—Me han dicho que usted la enseñaba a bordar.

—Bueno, ella me miraba mientras yo trabajaba. Le enseñé a enhebrar agujas, a ovillar hilos de seda y algunos puntos sencillos. Ponía mucha voluntad. Lamenté mucho lo que sucedió.

---

[8] Ratón.

—¿Qué cree usted que sucedió?

—Posiblemente, y lo digo sólo porque me lo preguntan, algún pasajero quiso, ustedes me entienden... Ella no se daba cuenta de las cosas y sus hermanos tenían que estar todo el tiempo atentos y, a veces, los muchachones se burlaban de ella, intentaban bromear o, no sé, esas cosas.

—¿Vio usted a alguien en especial en alguna actitud, digamos, comprometida? ¿Alguna situación que le hubiese molestado en aquel momento?

—Mentiría si dijera tal cosa. Sólo menciono esto porque ustedes me preguntan qué es lo que me parece probable que haya ocurrido.

—¿Quién más se llevaba bien con María?

—Bueno, había varias mujeres a bordo que se compadecían de los chicos Centenera y pasaban un tiempo con María sólo para liberarlos durante un rato.

—¿Recuerda algún nombre en especial?

—La verdad es que no. Ya hace tiempo de eso y no tengo amigas aquí. Cada una hizo su vida. Yo vine sola con un niño y he debido...

—Sin embargo —interrumpió el juez mirando a Juan—, ¿no nos dijo la señora Elisa de Caballero, pasajera también del barco, que...?

—Sí —confirmó Juan sin titubear, alcanzándole la lista de gastos de almacén que Encarna le había entregado esa mañana.

—Lo había olvidado, Elisa... —se apresuró Candelaria—. Nos vimos hace poco. Ella me invitó a su casa. Incluso me mandó su chófer.

—¿Para qué quería verla después de tanto tiempo?

—Un encargo de mantelería. Yo soy bordadora y hago labores de punto. Ajuares para bebés y esas cosas.

—¿Hablaron de María?

—No.

—Es extraño —dijo el juez volviendo a mirar sus papeles y a Juan—. ¿No dijo esta señora que...?

—Bueno, quizás la mencionamos —se apresuró Candelaria—. Quiero decir, es imposible no haberla mencionado al menos una vez. Después de todo, estuvimos allí y era con quien más confianza tenían, los chicos quiero decir, y fue algo terrible. Pero no es un tema que nos guste recordar —agregó bajando aún más la voz con un gesto de la mano hacia el niño dormido.

—¿Cómo era su relación con la señora Elisa a bordo?

Candelaria miró hacia el techo tratando de recordar.

—La señora viajaba con sus hijos porque había enviudado. Creo que un cuñado, hermano de su esposo fallecido, la esperaba. Nuestros camarotes no estaban cerca porque ella viajaba en primera, pero estaba necesitada de compañía de manera que, a veces, conversábamos un poco. En un par de ocasiones me sentí mareada y ella me dio a tomar unas gotas que me mejoraron. Llevaba uno de sus baúles llenos de remedios, porque su esposo era farmacéutico; ella era muy dada a medicarse por su cuenta, en mi opinión. Nada más que pueda recordar ahora, imagino que hablábamos de cosas de mujeres.

El juez se volvió hacia su amigo con aire de duda, señalando los papeles sobre los que escribía con toda rapidez.

—Juan, ¿no nos dijo la señora Elisa que...?

Candelaria se llevó la mano a la frente y titubeó. Buscó desesperadamente qué más decir a estos hombres que parecían tener las respuestas de antemano. ¿Cuánto sabían?

—Elisa me regaló algo de ropa poco antes de desembarcar, ahora me acuerdo. Bastante ropa, en realidad. Dijo que esos vestidos ya no los usaría, por el luto, ¿me comprende? Y teníamos la misma talla, aunque no la misma altura, pero como entiendo de costura pude hacer todos los arreglos que fueron necesarios. También le regalaba sombreros a María y le prestaba sus vestidos para que se entretuviera.

—Muy generosa, en verdad, esta señora Elisa. ¿Recuerda usted haber visto a María durante el tiempo que duró el baile de despedida?

—Sí, creo que sí, en realidad. Le gustaba mucho la música y, si estaban los hermanos, debió de haber estado también ella. Pero, de esto estoy bien segura, no estuvo conmigo ese día.

—Bien, señorita Blanco. Ya no queremos molestarla más y, mucho menos, despertar al niño. Le agradecemos su información, aunque es posible que volvamos a necesitarla. Le rogaría que, si por cualquier razón cambia de domicilio, nos lo haga saber. Acá está mi tarjeta y al dorso le anotaré, si me permite, la dirección de mi amigo Parelló, que es donde estoy alojado momentáneamente. Que tenga usted muy buen día.

El temblor que sacudió el cuerpo de Candelaria nada más cerrar la puerta le impidió poner el pestillo de seguridad. Cruzó los brazos sobre el pecho para detener los espasmos, pero lo único que logró fue que se transmitieran al resto del cuerpo. Se sentó en la cama, se abrazó las piernas hasta apoyar el mentón sobre las rodillas y cerró los ojos. Jamás, jamás se había sentido tan asustada. Ni siquiera en el barco cuando ocurrió aquello. Ni siquiera cuando, un par de madrugadas atrás, Ramón Caballero la tomó del cuello para advertirle en voz baja que si abría la boca podía darse por muerta. Y estos malditos, con todas esas preguntas. ¿Cómo sabrían que había estado en casa de Elisa? Parecían saber demasiadas cosas. Creyó que no podría soportarlo sin gritar. Pero ya estaba, se dijo. Todo había salido bien. No tenía nada que temer. Volvería a la cama y trataría de dormir un poco más.

En el catre, totalmente despabilado, pero inmóvil, Juani abrió los ojos.

DIECIOCHO

Al pastor Timoteo Laguna lo encontraron en una plaza, subido a tres cajones a manera de tarima desde donde, con su Biblia en alto, transmitía su mensaje a un puñado de curiosos. Había que reconocerle algunos méritos. Su voz era naturalmente poderosa pero, además, Timoteo hacía buen uso de tonos y tiempos. Un orador nato. Hasta se atrevió a cantar suavemente, a *cappella* y bien entonado, un par de estrofas de un himno sobre el final de su mensaje para quebrar la resistencia de sus oyentes y lograr que alzaran la mano en señal de entrega al Señor. Cierto tipo de música es determinante en estos casos porque conmueve, emociona y hace desear tener un hombro sobre el que apoyarse, un pecho en el que refugiarse o una mano que apretar. Timoteo conocía el alma humana y usaba sus recursos. No le fue mal porque al finalizar su convocatoria con el brazo en alto y mirando de frente a cada uno, varias personas alzaron su mano y dieron un paso al frente en señal de aceptación.

—Alabado sea tu Santo Nombre —dijo el pastor por cada uno—. Y a Ti sea dada toda la gloria. Amén y amén. Debía haber —explicaba con énfasis— una manifestación pública de nuestra fe porque el Señor dice que «al que me confesare delante de los hombres yo le confesaré delante de mi Padre que está en los cielos. Pero al que me negare lo vomitaré de mi boca». O algo parecido.

Don Juan y el juez se mantuvieron a distancia prudente observando respetuosamente y sin hacer comentarios. Cuando el pastor hubo terminado de despedir a su público, dedicó un rato a los que se habían atrevido a aceptar a Cristo, a «esos valientes», como les dijo una y otra vez abrazándolos y bendiciéndolos con una oración.

Cuando se quedó solo, finalmente, comenzó a desarmar su improvisada tarima con un destornillador que llevaba en el bolsillo de su traje oscuro. Pensó don Juan que ya en esos menesteres, era un hombre común y corriente. Era como si se hubiera puesto un disfraz, aunque, en realidad, estaba vestido con la misma ropa.

Se acercaron. El pastor, sin levantar la vista de su tarea, dijo:

—He visto que no se atrevieron a unirse al grupo. Dios los bendiga porque lo han hecho ahora.

Y les sonrió con la mano tendida.

—Gracias, pastor —respondió el juez con un fuerte apretón—, pero, en verdad, estamos aquí para otra cosa.

A medida que escuchaba las razones de la visita, el semblante del hombre fue cambiando. Sus hombros parecieron más cargados, la sonrisa desapareció y una de sus enormes manos cubrió sus ojos por un momento.

—María. Cómo no recordarla. La llevé a los pies del Señor sólo dos días antes de...

—Entiendo —asintió el juez—. ¿Qué recuerda usted del día en que María desapareció?

—Había pasado en mi camarote gran parte del tiempo, ayunando y orando por toda esa gente. Sólo salí un rato para despejarme mirando el mar y sentir el aire en la cara. Encontré un niño y compartí con él el mensaje.

—¿Qué mensaje? —preguntó don Juan.

—El mensaje de Nuestro Señor Jesucristo, claro —respondió Laguna mirándolo a los ojos para ver si se estaba burlando.

—¿Cree usted que un niño está en condiciones de comprender el mensaje?

—La Biblia dice que de los niños es el Reino de los cielos. «Dejad a los niños venir a mí...», decía Jesús.

—¿Recuerda el nombre del niño? —preguntó el juez.

—No. Hablé con mucha gente en el barco. Le había prometido al Señor llevar su Palabra a alguien cada día. «Id por todo el mundo y predicad el Evangelio a toda criatura», dice la Biblia. Y exactamente eso es lo que hacía.

—¿Qué hizo luego de hablar con el niño?

—Regresé a mi camarote. El baile se había transformado en un griterío terrible. Desde donde yo estaba no se veía, pero podía escucharlo. No me gustaban esas sesiones bailables. No es que esté en contra de la alegría pero, verá usted, no me agradan las situaciones en que la tentación acecha. El diablo, créanme, está atento y actúa cuando tiene una oportunidad. Ya ven lo que pasó.

—¿Cuándo se enteró usted de la desaparición?

—Cuando iniciaron la búsqueda. Escuché movimientos extraños, gritos, llantos de mujeres, en fin, lo que presagia una desgracia. En realidad, creo que parte de los gritos que me hicieron refugiar en el camarote tenían que ver con los primeros momentos de la desaparición, pero no estoy seguro.

—¿Qué hizo usted, pastor?

—Me hinqué de rodillas en el suelo y allí permanecí en oración hasta que el Señor me dijo «Ve». Entonces, fui a consolar a los hermanos de María.

—¿Viajaba usted solo?

—Sí, señores. Soy misionero de la Iglesia Evangélica Mundial.

—¿Y recuerda usted, acaso, a la señora Elisa, viuda de Caballero?

—Perfectamente.

—¿Recuerda a Candelaria Blanco?

—Sí, señor.

—¿De qué hablaba usted con María?

—De Nuestro Señor Jesucristo.

—¿Comprendía ella sus palabras?

El pastor adelantó el mentón en un gesto de seguridad.

—¿Saben ustedes cuántos idiomas hay en el mundo? No, ¿verdad? Son incontables. ¿Creen ustedes que nuestro Señor se comunica sólo con los que hablamos español? María no tuvo un solo impedimento en entender el mensaje de Cristo. Compartí con esa niña la Palabra de Dios más fácilmente que con los otros pasajeros que se expresaban con corrección. Obra del Espíritu, señores.

—¿Qué hacía usted antes de ser misionero?

El pastor observó la punta de su destornillador con atención.

—Nada que tuviera que ver con la obra del Señor.

—¿Más específicamente?

—Era bibliotecario.

Esto último fue dicho en un tono más bajo y el juez lo notó con cierto placer. Le agradaba el juego de acorralar y sorprender, pero no por vicio, ciertamente, sino porque su profesión muchas veces requería una dosis de sagacidad, precisión e instinto de ataque.

—¿Cómo solucionó su problema con las autoridades finalmente? —arriesgó.

La expresión del pastor demostró que el disparo en la oscuridad había dado en el blanco.

Sin embargo, aún se defendió:

—El Señor dice que las cosas viejas pasaron; he aquí, todas son hechas nuevas.

—Señor Laguna, le pido que no me haga entrar en detalles. Me gustaría oír su versión, nada más. Yo no estoy interesado en reabrir *aquel* caso. Sólo me preocupa la niña desaparecida.

El pastor dejó caer el destornillador, que se clavó de punta en el suelo arenoso. Ya no parecía el hombre carismático que mantenía a la gente con los ojos fijos en él tan sólo con su voz.

—Caí en tentación —pronunció con esfuerzo—. Fue una época oscura de mi vida. El diablo se enseñoreó de mí y yo no era dueño de mis actos, de mi voluntad. Pero alabado sea Dios porque tuvo compasión y me liberó. Me arrepentí, el Señor lavó mis pecados y salí de las cloacas en que estaba sumido.

—Estuvo preso.

—Dos años. Y, una vez más, doy gracias a Dios por aquellos momentos de prueba porque después de esa experiencia tuve un encuentro con el Señor y me convertí en el hombre que usted ve ahora.

—¿Dónde?

—A solas, en el cuarto de un hotel.

—Me refiero a dónde estuvo preso, pastor.

Timoteo Laguna se pasó una mano por la frente como si quisiera borrar de su memoria recuerdos tan amargos.

—En San Antonio de los Oros.

—¿Qué pasó con su familia?

Timoteo Laguna ni siquiera parpadeó ante la comprometedora pregunta.

—Mi esposa me abandonó. Se fue con los niños a casa de sus padres. Jamás volví a verlos. El único que no me abandonó fue el Señor. Él lavó mi alma de pecados y aquí estoy, soy una nueva criatura. A Él pertenece ahora mi vida entera. Para Él sea la gloria.

—Un personaje extraño —resumió don Juan mientras cruzaban la calle—. ¿Tú qué piensas?

El juez parecía ensimismado.

—No sé, Juan, no sé. No creo que sea un mal hombre, un poco fanático quizás, y eso genera un poco de desconfianza, ¿verdad? Pero el verdadero problema no es ése.

—Te molesta que haya estado en la cárcel.

—Lo que me molesta es otra cosa.

Don Juan aguardó en silencio mayor información.

—Verás, Juan. Hubo en mi pueblo, hará unos cien años ya de esto que te cuento, una escuela a la que acudían niños de la comarca y de otras distantes. Los que vivían demasiado lejos como para hacer el viaje de ida y vuelta en el día se quedaban allí toda la semana. Mejor dicho, de lunes a jueves, porque el viernes regresaban a casa para volver el domingo por la tarde. El maestro y su esposa se hacían cargo de los niños y de su educación y alimentación.

»Pues bien, en una oportunidad, se avecinaba una terrible tormenta que, según registros, trajo lluvias torrenciales de las que solían desbarrancar montañas enteras, y un padre viajó en medio de la semana para buscar a su niño. Para ser breve, te diré que el maestro fue sorprendido en actitudes impropias con uno de los alumnos. Este hombre, por ser instruido, no fue llevado a una cárcel común donde, seguramente, sería vejado por otros prisioneros, sino que se lo envió a un convento. Su esposa también fue recluida, creo recordar ahora, pero no estoy tan seguro de esto último. ¿Qué habrá sido de ella?, me pregunto. Este convento, con el tiempo, se convirtió en cárcel para este tipo de delincuentes. ¿Por qué ese privilegio, preguntarás? Pues, no lo sé. Supongo que en otros tiempos, el haber ido a la escuela unos cuantos años suponía un trato especial. El lugar, Juan, se llamaba San Antonio de los Oros.

DIECINUEVE

Escribí a Lupe antes de recibir respuesta. Quería compensarla por tanto silencio, tanto tiempo de ocultamiento y para que estuviera segura de que ya no había oscuridades. Todo a la luz.

Lupe, me parece injusto a veces que las tres personas que no tuvieron problemas en acercarse a nosotros —porque lástima nos tenían todos— sean las que están siendo investigadas. Sin embargo, Francisco y yo nos mantenemos al margen porque el juez tiene el olfato de Altares, *¿te acuerdas del perro de papá? Bueno, dicen los que lo conocen que nunca falla.*

Los mellizos están mejor. Francisco viene todas las noches. Nuestros detectives nos mantienen al tanto de cada paso que dan y nos hablan con mucha franqueza. No todo lo que dicen nos gusta, pero apreciamos lo que están haciendo por nosotros. Después de aquella pelea me entiendo mejor con Francisco. Me parece que ha comprendido que no tiene que ser nuestro padre y tomar todas las responsabilidades él sólo, así que se ha vuelto más fácil la comunicación.

Y, además, para ser totalmente honesto, creo que también viene porque le gusta Encarna. Ella es la responsable de que todo esto esté en marcha. Te gustaría si la conocieras. A mamá también. Al principio, cuando apenas había llegado a esta casa, no nos llevábamos nada bien, pero un día, no sé bien cómo ni por qué, todo se encarriló. Francisco no se anima a dar un paso porque ella es un par de años mayor, pero me parece que no le costaría nada que le dijera que «sí». Ya veremos.

Volviendo a la investigación, anoche hablamos sobre el encuentro con el pastor Laguna. Ya te hablé de él. A Francisco y a mí nos parece que si una persona está hablando todo el día de Dios, no puede ser mala, pero el juez dice que nos sorprendería saber cuántos criminales tienen cara de ángeles. No es mi experiencia, porque don Nicanor, nuestro vecino, era malísimo y te dabas cuenta con solo mirarlo. Y Juanita, tu amiga, también.

La semana pasada fue el turno de Candelaria —la bordadora que te conté— y, con ella, fíjate, tuvieron la impresión de que ocultaba algo.

Te preguntarás, Lupe, cómo he logrado hablar así de estas cosas. También yo a veces me lo pregunto. ¿Te parezco un desalmado? Todavía duele mucho, hermana, pero haber hablado con Francisco, con el juez y contigo ahora, me hace bien. Eso es mucho mejor que callar.

Volviendo a las visitas, también estuvieron con Juani, el niño que viajaba con la bordadora Candelaria. Es su sobrino y muy listo para su edad.

Finalmente, mañana creo, irán a buscar a Elisa, la viuda que tiene varios hijos. Dos de ellos eran insoportables. Hacían muecas y gestos con las manos por detrás de María. Francisco rompió la cara a varios en el barco, pero no a ésos que eran los hijos de alguien que nos ayudaba a cuidarla, así que hacíamos como que no pasaba nada.

A buscar a Elisa, te decía. Ya han intentado hablar con ella, pero el cuñado lo impidió. Dijo que estaba enferma. Esta vez irán de manera oficial y no podrán negarse.

El juez me ha dicho que quiere que yo esté presente. Francisco no, porque es un poco polvorita y lo que Valero quiere es presionarla y no que haya una discusión o pelea. Me parece que va a ser una situación incómoda. Era nuestra amiga. María pasaba mucho tiempo con ella sentada en cubierta, escuchándola. Cuando le dolía la cabeza, Elisa le daba unas gotitas para que se calmara y cuando la veía aburrida le prestaba vestidos para que se disfrazara. Cuando nuestra hermana desapareció, ella se refugió en su camarote y sólo salió para comer. Tenía tanta pena como nosotros, Lupe. En el tumulto de la despedida, al llegar al puerto, no alcanzamos a verla más que un momento y de lejos, cuando ya estaba subida en el coche en el que vinieron a buscarla sus parientes.

De todas maneras, estoy decidido a hacer lo que me indique el juez y veremos qué pasa.

Saluda de mi parte a Segismundo.
Te quiero mucho, hermana.

Josep

VEINTE

Don Juan había recibido una llamada urgente de un familiar enfermo y el juez me invitó a acompañarlo a visitar a Elisa Retamero, viuda de Caballero.

La casa de Ramón Caballero era realmente impresionante por fuera y, desde luego, no estaba preparado para lo que me esperaba dentro. El vestíbulo, donde una criada nos indicó que esperáramos, me sorprendió de tal forma que hizo que me sentara en el borde de la silla por temor a que mi ropa dejara una marca sobre esa tela satinada. Nunca había visto un sillón de seda blanca con flores doradas, patas curvadas de madera color crema y apoyabrazos tan almohadillados. Para ser sincero, tampoco he visto muchos después, pero aquélla fue la primera vez que ponía los pies en una casa que parecía un palacio. El juez, en cambio, se sentó cómodamente, se cruzó de piernas y puso el sombrero sobre su rodilla.

Al cabo de un rato, se abrió una puerta y Ramón Caballero, sin reparar en mí, caminó derecho hacia el juez, que se puso de pie, suspirando.

El dueño de la casa arrancó sin preámbulos:

—Creo haberle dicho que mi cuñada Elisa no está en condiciones de recibir a nadie.

—Bien —respondió el juez colocándose el sombrero—, vendremos con un médico de la policía que certifique su estado, entonces, porque le informo, señor Caballero, que esta investigación es ahora oficial.

A continuación, sacó de su bolsillo y extendió delante de los ojos del dueño de la casa el documento que certificaba su condición de juez y lo autorizaba a entrevistar a personas que pudieran haber estado involucradas directa o indirectamente en la desaparición de María Centenera.

Caballero lo leyó con las manos a la espalda, sacando despectivamente el labio inferior y sin tomar el papel, con lo que obligó al juez a mantenerlo levantado hasta que terminó la lectura.

—Está bien —concedió—, veré qué puedo hacer por usted. Pero sólo deberán ser unos pocos minutos.

—Creo que no me ha entendido. Es más, *estoy seguro* de que no me ha entendido. Esta conversación con su cuñada se llevará a cabo hoy, aquí y por el tiempo que sea necesario o, en su defecto, en la comisaría, bajo el control de un médico. En ambos caso, sin su presencia.

—De ninguna manera permitiré que Elisa sea interrogada sin mi presencia.

—Señor Caballero, no tengo ninguna obligación de decirle esto, pero hoy me siento inclinado a hacer algunos favores, de modo que le haré uno a usted. El Comité Internacional de Crímenes y Accidentes en Alta Mar, donde tengo algunos colegas amigos, está muy interesado en meter la cuchara en este caso, si me permite la expresión. No mucha gente conoce la existencia de este grupo, pero desde hace cinco años, y a instancias de un joven senador norteamericano, Italia, España, Brasil, Estados Unidos, Argentina, El Salvador y Canadá firmaron el acuerdo de Wheelright y así se creó el Comité. Gracias a este acuerdo, muchos de los crímenes que tenían lugar en alta mar y no eran debidamente tratados por las autoridades a bordo, hoy se someten a una severa investigación en tierra. Basta con una denuncia. Este caso, señor Caballero, tiene dos aditamentos: la desaparecida era retardada mental y menor de edad.

—¿Usted me está amenazando?

—Como le dije, le estoy haciendo un favor. Y gratis. Si yo fuera usted, no permitiría que la menor sospecha me rozara. ¡Qué digo sospecha!, ni un rumor negligentemente esparcido, ni una mirada imprudente que me señalara. ¿Me comprende, verdad, señor Caballero?

Mi cabeza, mejor dicho, sólo mis ojos, porque no me atrevía a moverme demasiado, iban de uno a otro en ese diálogo filoso esperando que en algún momento las cosas se salieran de su cauce y terminaran a trompadas. Pero ambos eran hombres de mundo y sabían manejar sus fuerzas. Caballero se tragó como pudo el sapo y, un poco menos rumboso de lo que entró, salió en busca de su cuñada.

No hubiera reconocido a Elisa de no haber sabido de antemano que era ella la que entraba. Recuerdo perfectamente su mirada desenfocada, el moño que le sostenía el cabello ligeramente torcido, las uñas raídas y un leve desaliño en toda su persona. Digo leve porque no encuentro una palabra mejor que desaliño, aunque estoy seguro de que no es la correcta. Yo tuve ese titubeo, muy común en los chicos jóvenes que no saben cómo saludar a los mayores, de estirar el cuello para el beso en la mejilla y, simultáneamente, el brazo para dar la mano, pero ninguno de los dos movimientos, apenas esbozados, fueron correspondidos por Elisa, que sólo hizo un gesto con la cabeza. Son esas pequeñas humillaciones que se sufren a menudo en esa época de la vida. En aquel momento, no pude entender el rechazo. ¿Por qué esa actitud repentinamente distante habiendo compartido tantas horas durante el viaje? Hoy diría, al primer vistazo, que esa mujer estaba aterrada. Y el juez, viejo halcón, lo supo enseguida. Se mantuvo cortésmente de pie hasta que ella se sentó a mi lado, sin mirarme, y entonces comenzó en un tono sereno y hablando con claridad a hacerle preguntas sencillas que requerían un sí o un no. El trato era cordial y ella fue desentumeciéndose de a poco. Le pidió su opinión sobre cómo funcionaban las cosas a bordo y la dejó hablar sin interrumpirla. Se interesó sobre su salud durante el viaje y la escuchó explayarse, con el torso inclinado y la mirada atenta, sobre un tema que evidentemente a ella le resultaba cómodo. Finalmente, la halagó con un comentario sobre el tremendo valor que se necesitaba para hacerse a la mar con un montón de niños a su cargo y una pena tan grande en el alma.

—Conozco a muy pocas mujeres capaces de algo así —le dijo sacudiendo la cabeza.

Y Elisa suspiró con modestia y oculta satisfacción. Hablaron de la muerte de su esposo, tan súbita, tan cruel.

—La vida me ha castigado mucho —dijo ella, y el juez asintió.

—Pero los niños compensan las penas más grandes, ¿verdad? —le recordó para consolarla.

Elisa estuvo en todo de acuerdo con las manos cruzadas sobre el pecho y la mirada hacia lo alto.

—¿Qué medicina administraba usted a María?

La pregunta, como un chicotazo directo e inesperado, la desarmó. Tragó saliva y carraspeó.

—¿Medicina? —balbuceó.

—Sí. Quiero saber el nombre. Y qué dosis.

Elisa se irguió, enderezó los hombros y me dirigió de costado una mirada de resentimiento.

—Cocculus, China o, a veces, Cepa. Quizás usted no las conozca, pero es medicina hecha con hierbas. Mi esposo era farmacéutico y había estudiado con los grandes de Europa, como el doctor Kubert o el doctor Paz Álvarez. Solía dárselas a los niños cuando no se sentían bien. Sólo cinco gotas en un vaso de agua. Él mismo preparaba todo escrupulosamente y yo aprendí ayudándolo.

—¿Se las administraba usted más de una vez al día?

—Sólo cuando ella me las pedía. Se ponía las manitas sobre la cabeza para indicarme que le dolía mucho o cuando se mareaba o le dolía el estómago. No vaya usted a creer que le daba siempre lo mismo.

—Repito, ¿más de una vez al día?

—A veces.

—¿No había un médico a bordo?

—Sí, pero María no hablaba bien y era difícil entenderla.

—¿Qué efecto tenían esas seis gotas, Elisa?

—Cinco. Sólo cinco. Calman. Son calmantes.

—¿Adormecen un poco, podríamos decir, si se toman en exceso?

—Yo jamás le di más de cinco gotas —saltó literalmente Elisa.

—Está bien, está bien —concedió el juez extendiendo las palmas—. Pero, ya que estamos suponiendo, digamos que alguien hubiera echado mano de su maletín y hecho mal uso de su medicina, ¿podría, en ese caso, producir algo de somnolencia o, más aún, hacer que la persona cayera dormida?

Elisa pensó durante un momento y finalmente admitió:

—Creo que sí.

—¿Cree?

—Sí. Podría caer en un sueño pesado de varias horas.

—Bien, señora Elisa. Dejemos eso en el plano de las suposiciones nada más. Usted, y éste es el hecho que nos importa, ayudó a la niña porque se sentía mal. Cualquiera habría hecho lo mismo. Cualquiera con un mínimo de compasión, quiero decir. Pero, verá, estoy tratando de establecer si la niña había tomado su medicina el día que desapareció.

Yo asentí con un movimiento de párpados que el juez advirtió en silencio. Recordé que María había pasado la mañana lloriqueando y haciendo berrinches por todo hasta que, cuando la dejamos salir, corrió delante de mí hasta el camarote de Elisa. Ella abrió y la dejó entrar haciéndome un guiño. Cuando salió, estaba de mucho mejor humor y llevaba un bonito sombrero en la cabeza.

—Sí. Vino a verme cerca del mediodía. Le di sus gotas y le regalé un sombrero que le gustaba mucho porque esa tarde había baile de despedida y ella quería participar.

—¿Vio usted a María durante el baile?

—A ratos, solamente. Yo estaba con mis hijos y ella, con sus hermanos.

Cuando dijo eso último hizo un gesto vago hacia donde estaba yo.

—¿La vio alejarse en algún momento, por cualquier razón?

—No, señor.

—¿Volvió a verla después del baile?

Elisa se estremeció.

—No, señor.

Faltaban pocas cuadras para llegar a la casa de don Juan cuando comenzó a hablar:

—Quizás mis métodos de interrogación te han sorprendido, Josep. Es natural. Mi obligación es hacer que las personas implicadas en una situación, cualquiera que sea, digan exactamente lo que saben y, algunas veces, cosas que ni siquiera son conscientes que saben. Es muy complicado, ya sé, pero te pido que confíes en mí. El caso aquí es que tengo motivos para preocuparme por las tres personas que estaban cerca de María, Josep. El pastor tiene antecedentes penales y, aunque él afirma que es una nueva criatura por sus convicciones religiosas, lo estoy analizando con cuidado. Luego, está Candelaria con sus berrinches de amor desairado, no demasiado atractiva, creyendo por un momento que ha solucionado sus problemas cuando, de súbito, aparece una niña bonita y la desplaza. ¿Qué hace entonces? Le cuelga el sambenito a tu hermana. Esto me lo ha contado Juani, su sobrino. Una mujer celosa puede perder el control. No me fío de ella, en una palabra. Y, después, tenemos a esta viuda, Elisa, con sus pócimas curalotodo. Me la imagino tomando el lugar del médico, con un montón de gente a su alrededor rogándole alivio para sus dolencias y ella administrando medicamentos según su leal saber y entender. Tampoco me gusta. Esto, Josep, quiero que te quede claro, no significa nada. Para acusar a una persona se necesitan pruebas irrefutables y no las tenemos en ninguno de los tres casos.

—¿Estamos como al principio?

—No estamos como al principio y algo me dice que estamos rumbeados[9]. Vamos a seguir indagando. Debemos tener paciencia y no precipitarnos. ¿Te acordás de lo que les dije a vos y a tu hermano al principio? Esto no va a ser fácil.

—Sí, señor —le contesté entristecido.

Cuando llegamos a casa, me indicó que entrara a comer algo y a descansar. Él necesitaba pensar un poco más y caminar lo ayudaba. Lo miré marcharse, el paso vigoroso, los volantes de la larga chaqueta negra flameando con la brisa del anochecer. Llevaba los brazos enlazados en la espalda y la cabeza alta. Lo vi llevarse la mano a la gorra para saludar a una dama y esquivar varios desniveles de las veredas angostas. En la esquina, antes de cruzar, se detuvo bajo el farol que hacía apenas un instante alguien había encendido. La luz amarillenta le dio de pleno en la cara por un momento y él —ignoro por qué— se dio la vuelta y me encontró mirándolo, todavía en el umbral. Me hizo, entonces, señas con el brazo para que entrara. Me pregunté por qué este hombre se ocupaba de nuestra desgracia como si no tuviera ninguna otra cosa que hacer en el mundo. ¿Qué le atrajo de nosotros?, ¿qué tenía nuestra desventura que él se involucró tanto? Me habría gustado preguntárselo, pero esta necesidad surgió con los años, mucho tiempo después, porque, en aquel momento, a veces sentía miedo de que un día me dijera: «Bueno, basta, hasta aquí llegué», y que nos dejara solos otra vez.

---

[9] En el buen camino.

Subí los tres escalones de mármol, pero me quedé espiándolo con un solo ojo y el cuerpo dentro del umbral hasta que su figura se mezcló con las de muchos otros hombres que regresaban a sus casas a esa hora. Me quedé hasta que casi no pude distinguirlo más, como no fuera por sus tremendas zancadas y su cabeza porfiada y enhiesta.

Encarna me estaba esperando con algo de comer y muchas preguntas. Contesté lo más ampliamente que pude, pero no a su entera satisfacción, porque a ella le gustaban los detalles. Yo necesitaba descansar, dormir, cerrar los ojos. Quería poner en orden las cosas que habían sucedido durante el día antes de contárselas. O, quizás, lo que no quería era que Encarna me preguntara por qué no me había parecido extraño o peligroso que una señora le diera a nuestra María un medicamento que jamás había tomado. Y tampoco quería que me preguntara cuántas gotas le daba. Y, vamos a ver, ¿qué sabía yo cuántas gotas le daba? ¿Cómo podía saberlo? ¿Qué debía haber preguntado?: «¿cuántas gotas le da usted, señora Elisa? ¿No le parece que son demasiadas?». Ni a mi madre ni a Lupe le hacían falta las gotas para manejar a María, pero nosotros habíamos encontrado una fórmula mágica y no se nos pasó por la cabeza objetar nada. No sabíamos nada de medicinas, ni nos importaba. Elisa decidía y María se calmaba y durante un rato era fácil manejarla. Eso era todo. Ya bastante preocupados estábamos pensando en qué íbamos a hacer con ella cuando llegáramos a tierra. ¿Quién le iba a hacer los dedos de cuero y quién la iba a alimentar o a quedarse con ella cuando consiguiéramos trabajo? ¿Quién? Ninguno de nosotros mencionaba el tema, pero sí que lo teníamos constantemente en la cabeza. En circunstancias normales, no hubiéramos dejado que todas esas personas extrañas pusieran una mano sobre ella. Mi madre, para empezar, no lo hubiera permitido. Pero aquello estaba lejos de ser una circunstancia normal.

Y, ahora, llegaban a mi mente recuerdos entrecortados, escenas breves como relámpagos, que me molestaban porque empezaba a encontrarles sentido.

Le agradecí a Encarna las molestias que se tomaba y me fui a descansar.

Todavía no había amanecido cuando oí los pasos atolondrados de Encarna bajando a la carrera hasta mi cuarto. Como cuando nos hacíamos la guerra, hacía ya mil años de eso, me levanté antes de que llegara a mi puerta y la abrí.

—El juez —dijo sin aliento y acomodándose los cabellos en desorden.

En silencio, esperé el resto.

—Lo atropelló un carruaje tirado por caballos, anoche, de camino a casa. Está en el hospital.

Nadie sabía exactamente cómo había sucedido, pero, a las doce de la noche, un policía que hacía su ronda encontró un hombre caído en medio de la calle. Tenía los pantalones cubiertos de sangre que había manado de una herida muy profunda en la pierna. Después, cuando lo desnudaron en el hospital, el médico dijo que también había un par de costillas rotas. Según su opinión, había sido atropellado por un carruaje que, a juzgar por las heridas, debía de haber venido a buena velocidad por la calle Paraguay. Su conductor no se detuvo a auxiliar al herido. El juez llevaba una tarjeta en el bolsillo con la dirección de don Juan e, inmediatamente, enviaron un mensajero a la casa mientras marchaban en busca de un médico sin moverlo más que lo imprescindible.

Cuando, después de unas horas, recobró el conocimiento, a duras penas lograron las enfermeras que el juez no se levantara para vestirse y dejara el hospital, pero el dolor de las costillas finalmente lo tumbó. Con las horas, sin embargo, pareció perder fuerzas y coherencia. Sus respuestas eran ininteligibles y los movimientos se tornaron lentos y cada vez más torpes hasta que fue casi imposible levantarlo de la cama o, sencillamente, permitirle sentarse para comer. Uno de los médicos dijo que su estado podía deberse a un fuerte golpe en la cabeza.

—Pero no hay sangre ni heridas en la cabeza —protestó don Juan.

—A veces, es preferible que las haya. Esos golpes que no dejan marca visible son a los que los médicos tememos. En estos casos, lo mejor es armarse de paciencia y esperar.

Don Juan instaló una silla junto a su cama y no abandonó a su amigo en ningún momento, como no fuera para correr tras los médicos tratando de averiguar lo que fuese sobre su situación.

Durante esos duros días en que el juez estaba casi inconsciente, mi mente apenas si registraba hambre o miedo o necesidad alguna. Podía llegar a quedarme parado en medio del pasillo, frente a la puerta cerrada de su habitación durante horas, sin hablar con nadie, sin pedir ayuda, sin aceptar consejos de los que pasaban a mi lado y me palmeaban el hombro, llenos de compasión. Muchos llegaron a pensar que era mi padre el que estaba allí adentro.

Una noche, don Juan, enérgicamente, me envió a casa con la orden de continuar con mi trabajo, alimentarme y descansar.

La rutina resultó terapéutica. Mantener mis manos ocupadas impidió que cayera en la desesperación. Francisco, por su lado, no estaba mejor que yo. Un día, discutimos amargamente.

—Quiero ver qué hacemos ahora si se te muere el juez —me lanzó a la cara totalmente fuera de sí.

—¿Si se *me* muere? ¿Estás afuera de todo esto? ¿Por qué me das la espalda cuando más necesitamos estar juntos? Además, por dos costillas rotas no se muere nadie.

—Tú sabes que hay más que dos costillas rotas. Y si no lo sabes, te lo digo yo ahora. Y otra cosa más te voy a decir, porque no te veo pensando con claridad. Este accidente no es casualidad. Removimos el avispero y hay gente que nos quiere parar. ¿Te acuerdas de lo que me contaste de la casa donde vive Elisa? La gente que tiene una casa así, también tiene influencias, poder. A esa gente no le gusta que le anden haciendo preguntas y el juez estaba empezando a molestar, así que, ¿qué hicieron? Lo quitaron del camino. Ahora falta ver qué van a hacer con nosotros.

No sé por qué no había pensado yo, por lo menos de forma consciente, en esa posibilidad.

También ataqué duro.

—Te recuerdo que estamos en este país, en esta mugre de agujero y trabajando para otros por un techo y comida porque a ti se te ocurrió que podíamos hacer el viaje sin papá y mamá. Y no me digas que lo consultaste porque sabes que la decisión la tomaste solo. Nosotros aceptamos porque tú eres el mayor.

—¿Eso me hace culpable de lo que ocurrió con María?

—No directamente, pero nada hubiera sucedido de quedarnos en casa. Y ya que estamos, te digo que tampoco Lupe estaría durmiendo en la cama de Segismundo Tienda.

Faltó muy poco para que empezáramos a pelearnos de nuevo pero, en ese momento, entró Encarna y nos miró. Había oído nuestra discusión y en su actitud había algo de desafío, un poco de reprimenda silenciosa y un tanto, pero no poco, de incredulidad, que nos hizo bajar la vista. Nos quedamos allí, avergonzados bajo su mirada, totalmente expuestos, con lo peor de cada uno a la vista, arrepentidos de la virulencia de nuestras palabras y, sobre todo, conscientes de que jamás podríamos recoger ni una sola de ellas. Lo dicho, dicho estaba.

Esa noche, don Juan vino a casa para descansar un poco y comer algo decente. No cenó en el comedor, sino en la mesa de la cocina con Encarna y conmigo. Se le notaba preocupado y sin apetito, pero con la necesidad de soltar algo. Finalmente, con voz pausada, como si le costase pronunciar las palabras, dijo:

—Los médicos aconsejan trasladar a Modesto a la capital lo antes posible. No aciertan con el diagnóstico y necesitan ayuda. No es nada grave, sólo una infección, pero iré con él, por supuesto. Dejo aquí, sobre la chimenea, la dirección del hospital y del hotel donde voy a estar. No están muy lejos uno del otro. Si hubiera alguna situación... especial, de apuro, quiero decir acá o allá, enviamos un telegrama urgente, ¿de acuerdo? También pueden intentar llamar, pero ya sabemos las demoras en larga distancia. Confío en ustedes dos para que todo siga funcionando en la casa. Por supuesto, Imelda los ayudará. Del negocio se hará cargo Blas. Sólo serán unos días —mintió poniéndonos una mano sobre cada hombro.

Mantuvo su mirada un poco más sobre mí, con un gesto de comprensión. Sabía —cómo no iba a saber— lo solo que me quedaba y lo perdido que me sentía después de haberme atrevido a tanto.

—Josep —dijo don Juan—, quisiera que habláramos unos minutos antes de que te vayas a descansar.

Encarna dejó una cafetera llena y dos tazas sobre la mesa y se retiró en silencio. Don Juan abrió el cajón de la mesa de la cocina y sacó una abultada carpeta.

—Acá están todas las entrevistas que hemos hecho. Están transcritas tan literalmente como pudimos. Cada día, al regresar, trabajábamos en esto. Vas a encontrar anotaciones sobre los márgenes en tinta roja. Están hechas por Modesto. Son preguntas, referencias, cosas que se le ocurrían después. También vas a encontrar acá la lista de pasajeros que tu hermano consiguió y la autorización oficial para interrogar a gente. Esta carpeta es muy importante, Josep.

Durante un buen rato, aquel hombre habló de las conversaciones que había tenido con el juez, sin desestimar nada. Así me enteré, con sorpresa y decepción, de lo que Juani les había dicho acerca de los verdaderos sentimientos de Candelaria hacia mi hermana, de algunos detalles extra sobre el pastor Laguna que el juez me había ahorrado y de la opinión que tenían sobre Ramón Caballero, el cuñado de Elisa. No sé si me lo contó porque no sabría cuándo volveríamos a vernos, porque quería que quedara el testimonio a salvo o porque, igual que Francisco, pensaba que la situación se había tornado peligrosa. Quizás el juez, en algún momento de lucidez, le habría indicado que me comunicara todo aquello. Sentado frente a él, escuché con atención y sin interrumpir. Mi cerebro, por un lado, absorbía la información y, por otro, me espoleaba preguntándome qué se suponía que debía hacer con ella.

—Acá está todo lo que te he dicho, más algunas otras cosas que ahora se me escapan —dijo poniendo una mano con los dedos abiertos sobre la tapa de la carpeta.

Recuerdo que abrí la boca para preguntar «¿Y ahora qué hago?», pero la voz no salió de mi garganta y tampoco valía la pena. Don Juan no tenía respuesta para mí.

Sin embargo, debió de haber intuido mis pensamientos, debió de haber querido tener un gesto de mayor acercamiento, no digo un abrazo, porque era un tipo duro, pero a lo mejor una promesa o una palabra de aliento para sostenerme. Ha pasado mucho tiempo, pero aún puedo verlo delante de mí, con un gesto titubeante de su mano que quizás quiso acariciar mi mejilla, pero no se atrevió.

No se atrevió.

VEINTIUNO

El resumen que el juez me había hecho la última noche que nos vimos había quedado rebotando dentro de mi cabeza. El accidente y los días posteriores no me habían dejado pensar detenidamente en lo que significaba, pero al quedarnos solos, con Encarna quiero decir, cada una de las palabras fue cayendo y ocupando su debido lugar. Los comentarios de don Juan, que compartí con mi amiga al día siguiente, así como la lectura de las entrevistas, completaron un panorama sombrío. Comencé a ver a nuestros compañeros de viaje bajo otra perspectiva, sin tanto cariño o agradecimiento como había sentido hasta ese momento. Bajo otra luz los miré. Eran personas como nosotros, con problemas y defectos y virtudes como cualquiera y que, bajo circunstancias especiales —el viaje era una muy especial— podían haber cambiado de forma de actuar.

Durante esos días negros, dejé de ir a la pensión donde vivían mis hermanos. Era una penuria ver a los mellizos, uno con esa mirada perdida en la más honda tristeza y el otro, sentado a su lado, haciéndole compañía. Con los años, Domingo puso con su esposa una pensión en el centro y pidió a Salvador que se ocupara del mantenimiento, de cobrar y algunas otras tareas sencillas, aunque le asignó el título de administrador general. Eso ayudó a que se mantuviera dentro del mundo real.

En cuanto a Francisco, seguíamos peleados, pero esta vez yo estaba dispuesto a esperar lo que fuese necesario hasta que él se acercara a mí y me pidiera perdón por sus palabras y su altanería.

Me daba pena ver cómo Encarna se trenzaba el cabello y se vestía bonita a eso de las seis de la tarde. No recuerdo exactamente que se cambiara de ropa, pero algo debía de haber en su atuendo que hacía que se la viera diferente. Quizás, un cinto o un pañuelo sobre los hombros o una hebilla en el pelo. Sus movimientos se volvían más rápidos, más nerviosos y canturreaba por la cocina. No se sacaba el delantal para que ni yo ni Imelda nos diéramos cuenta de que esperaba a mi hermano pero, apenas oía el timbre, se lo desataba, se pasaba las manos con levedad por el cabello, la blusa, las caderas, tironeaba un poquito de la pollera, tomaba aire, se humedecía los labios y encaraba ruborizada para el pasillo. He visto, con los años, muchas veces estos gestos tan femeninos y reveladores. Son pura seducción, puro instinto. También mi madre los tenía a veces, esperando a papá, pero Encarna fue la primera mujer a la que en realidad observé con atención. Francisco estaba muerto de amor por ella, pero sus explosiones de mal carácter apagaron el fuego de lo que pudo ser una hermosa historia.

Volviendo a lo nuestro, Encarna me ayudaba con la lectura de la carpeta, me alentaba a esperar con calma el regreso de don Juan con el juez y seguía alcanzándome la taza de mate cocido con un trozo de pan a media mañana.

Una tarde, tuvo una idea:

—¿Por qué no vas a ver a Juani? Ya viste cuántas veces está marcado en la carpeta.

Yo recordaba que era un chiquillo algo menor que nosotros, no demasiado amigable, que se dedicaba a recorrer el barco, abrir puertas ajenas y meterse por los rincones, de donde muchas veces era echado a empujones. Mi madre habría dicho que era un niño demasiado atrevido, descarado y bocasucia.

Decidí ir a buscarlo, no tanto porque supiera de qué íbamos a hablar, sino porque había aprendido a confiar en el sentido común de Encarna. Sabía dónde vivía pero, aún así, me llevó dos días encontrarlo porque vagabundeaba sin ningún control. La única orden que obedecía, y que probablemente le daban, era no hacer ruidos que despertaran a su tía Candelaria mientras dormía. Mejor para él, supongo.

Finalmente, me lo topé en una plaza. Estaba sentado sobre el enorme tronco de un árbol, observando encandilado a unos titiriteros viejos, pero bastante divertidos, que lo doblaban en dos con largas carcajadas y le llenaban la cara de felicidad. Le puse una mano en el hombro con suficiente fuerza como para frenar el instintivo impulso de escapar que suponía le provocaría mi presencia. No me equivoqué.

—Soy Josep Centenera, del barco —me presenté, aunque no había necesidad.

—Ya sé —me contestó achicando los ojos, tenso.

—Necesito hablar contigo.

—Yo no sé nada de tu hermana.

Había arrancado mal. El chico tenía una actitud defensiva y me di cuenta de que si no conseguía que se sintiera tranquilo, no obtendría nada de él. Le saqué la mano de encima a riesgo de que saliera corriendo. Aflojé un poco.

—Ya sé. Nadie sabe nada. Pero, a veces, tengo la necesidad de hablar con alguien que se acuerde de ella. Digo, además de mis hermanos. Con ellos podría hablar también, pero se ponen tristes enseguida y así no sirve.

Me senté a su lado. Él no se movió. Todavía no se fiaba de mí. Poco a poco, comencé a hablar sobre nuestra vida allá en la aldea donde vivíamos, de Lupe, de nuestros padres muertos poco antes del viaje y de cómo decidimos partir a pesar de todo. Él me escuchaba en silencio. Por momentos, echaba una mirada rápida al grupo de titiriteros, pero ya sin reírse.

—¡Qué mala suerte —comentó— que se te muera uno, pero vaya, y pase, pero los dos, eso es realmente mala suerte! A mí se me murió mi mamá y, al poco tiempo, mi papá se casó con otra que no me quería. Por eso me mandaron con mi tía. Ella tampoco me quería mucho, pero no tuvo más remedio que aceptarme a cambio del billete. Y tu otra hermana, ¿por qué se quedó?

—Para casarse.

—¿Tenía novio?

—No, apareció un candidato y decidió quedarse.

—¿Valía la pena el candidato? —curioseó Juani.

—Una basura.

—Se quedó para sacarse de encima a tu hermana María.

Ya me daría cuenta de que Juani era así. Soltaba sus opiniones sin misericordia pero, para emparejar la balanza, no mentía casi nunca.

—No, Lupe quería mucho a María —la defendí.

—Querer es una cosa y cargar alguien sobre tu espalda para siempre, otra muy distinta.

—No puedes decir una cosa así sin conocer a las personas.

—¿Acaso con María no estuve dos meses en el barco? No me hace falta conocer a tu otra hermana. Con lo que vi me basta y me sobra.

Hablaba con suficiencia, sin ánimo de herirme, mirándome a la cara. Podía ver con claridad su propia desgracia y la ajena, y no elegía las mejores palabras para describir ni una ni otra. Era un niño viejo y áspero.

Durante un rato nos quedamos callados. Yo me debatía entre la necesidad de partirle la cara de una o varias trompadas —las que hicieran falta— y la de dejarlo hablar. Tenía la percepción de que ese chico tenía algo que yo quería saber.

—Lo del barco fue terrible —dijo finalmente meneando la cabeza.

Agaché la cabeza y guardé silencio. Si iba a empezar a hablar, quería que se sintiera totalmente libre, sin preguntas ni condicionamientos.

—Yo estaba con el pastor Laguna cuando pasó eso; quiero decir, cuando todos empezaron a gritar: «¿Dónde está, dónde está?». Escuchamos el griterío. Eso me salvó de la perorata porque no me soltaba. Hacía como dos horas que estábamos allí, dale que dale. Me estaba tratando de convencer de algo que yo no entendía muy bien. Yo tenía que decir: «Sí, juro», o «Sí, prometo» o «Sí, acepto». Algo de eso. Decía que hablaba de la vida eterna y que yo era un pecador. En eso tenía razón, porque el cura de mi pueblo también me lo decía.

Eso sacaba a Laguna de la lista de sospechosos y me sentí aliviado. No porque tuviera un cariño especial por él, sino porque había percibido sinceridad y verdadero interés por María. Necesitaba no desilusionarme una vez más.

De pronto, Juani cambió de dirección.

—El otro día, vi a Elisa, la viuda.

—¿Dónde?

—Entrando en la pensión. Debe de haber ido a visitar a mi tía. Se quedó poco. No es linda la pieza y hay un olor que... No me vio o hizo que no me vio, mejor dicho. ¡Mira si no me va a ver! ¿Qué soy, transparente? Fueron dos viejos, también. ¿Tienen algo que ver contigo?

—Don Juan, el dueño de la casa donde estoy empleado, y un amigo de él: el juez Modesto Valero.

—¿Juez? Mira tú. ¿De los que casan o de los que mandan gente a las cárceles?

—Me parece que de lo último. Tú los viste, ¿no?

—¿Cómo sabías? —se sorprendió.

—Porque me lo contaron.

—¿Y qué tienen que ver ellos con María?

—Nada. Yo les dije todo lo que nos pasó y ellos nos están ayudando.

—¿A qué?

—A saber, a qué va a ser.

—¿Qué es lo que quieren saber?

—Quién fue —le contesté furioso.

—¿Quién fue qué?

—Quién la tiró al agua. Y después de qué. Eso queremos saber —le grité.

Las palabras feroces, brutales, hendían el aire como sablazos en un campo de batalla.

Nos dimos un minuto de tregua.

—¿Y avanzan en la investigación? —preguntó después de un rato, como al descuido.

—Más o menos, porque el juez tuvo un accidente. Lo tuvieron que llevar a la capital porque algo no está saliendo del todo bien. Don Juan lo acompañó y tenemos para unos días.

—¿Cómo fue el accidente? —quiso saber Juani.

—Lo atropelló un carro.

Juani se quedó pensando de nuevo. Imposible saber en qué. Tenía los codos apoyados en las rodillas y el mentón sobre las palmas de las manos. Miraba cómo los titiriteros desarmaban sus cosas y las guardaban en bolsas viejas.

—O sea, que te quedaste solo —dijo después de un rato.

—No. Estoy con mis hermanos —me defendí.

—Digo, con lo de la investigación. Si se te muere el juez, un suponer, tú no puedes hacer nada más.

—¿Siempre ves las cosas de la peor manera?

Juani dejó de observar a los artistas y meneó la cabeza con una sonrisa de suficiencia, como si el menor en dos o tres años fuera yo.

—Como son, las veo. ¿Por qué estás aquí si no es como yo digo?

Guardé silencio. Estábamos conversando y él se mostraba duro pero, al menos, se quedaba.

—¿Y cuesta muy caro que te ayude un juez? —cambió otra vez de tema.

—No sé. A nosotros nos sale gratis. De todos modos, no habríamos podido pagar un peso. Si ni casa tenemos. Nos ayuda porque nos tuvo lástima. ¡Bah, a mí! Y si yo no hubiera roto el juramento, nunca se habrían enterado.

—¿Qué juramento?

—Prometimos entre mis hermanos que nunca más hablaríamos de María. Pero me estaba volviendo loco. Entonces se lo conté a Encarna, una amiga, y ella se lo contó al juez.

—Cuando te obligan a hacer un juramento hay que cruzar los dedos. Si no lo haces y después lo rompes, aunque sea bajo tortura, te pasa algo malo. Malo de verdad.

—¿Como qué?

—Se te achica el pito —susurró—. Así te queda —y con el índice y el pulgar marcó un tamaño irrisorio.

—Ésos son inventos de viejas —dije desdeñoso.

—Bueno. Ya vas a ver —advirtió con una sonrisa taimada—. Mi tía me hace jurar todo el tiempo. Júrame que lo vas a hacer, que no lo vas a hacer, júrame que no lo hiciste, jura, jura. Yo cruzo los dedos siempre, por si acaso, no vaya a ser que...

Los titiriteros se marcharon caminando despacio, arrastrando sus bolsas.

—Tienes razón. Estoy solo —admití—. Mi hermano Francisco, el que nos hizo jurar, está enojado conmigo por todo esto y los otros dos no están bien de la cabeza. No tengo quien me ayude, salvo Encarna. A lo mejor, el juez se muere también, como mis padres. Y María —agregué—. Lo de mi hermana es lo peor de todo. A veces pienso en mamá y papá, pero la tristeza por ellos se va pasando, ¿sabes? Poco a poco va desapareciendo. En cambio, con lo otro parece que cada día es peor. Es como me dijo Encarna. Nunca me lo voy a sacar de la cabeza. A la gente que se muere hay que ponerla en un cajón y llevarla al cementerio. Después, vas a tu casa y empiezas de nuevo. Ésa es la parte que me falta con mi hermana, ¿entiendes? Y te queda esa cosa acá adentro que a veces no te deja ni respirar.

—Tristeza se llama eso —definió Juani con mucha solvencia.

—Sí. Es como un pozo la tristeza. Como un precipicio.

—Y te vas cayendo y no tienes dónde agarrarte, ¿no? Y tú dices ¿dónde estará el fondo? Después te acostumbras y no lloras más. ¿Tú lloras? —preguntó Juani.

—No. Ya no lloro.

Estábamos analizando como dos adultos las penas más hondas que pueden afectar a un ser humano con toda naturalidad, hasta con cierta inocencia diría hoy, y encontrando sin esforzarnos los puntos en común que nos unirían a través de muchos años, aunque eso en aquel momento no lo sabíamos.

—Cuando llegué, te estabas riendo de los payasos y me hizo pensar cuánto hace que no me río.

—Están todos los sábados por la tarde. Te invito. Es gratis. Si los miras de lejos, claro, porque si te acercas, te cobran. Yo me río los sábados, cuando vengo aquí. Hace bien reírse. ¿Quieres que te pase a buscar y venimos juntos?

Le di la dirección de don Juan y nos despedimos. Él tenía que estar en casa para cuando se despertara su tía y mi trabajo estaba un poco atrasado. Cuando llegué a la esquina, me alcanzó corriendo, sin aliento:

—Josep, los miércoles están en la plaza López, en la misma calle. Si quieres, vamos.

VEINTIDÓS

María Isabel Soto, tan desconfiada y malhumorada como siempre, no se atrevió a decirle a esa mujer bien vestida y perfumada que Candelaria no recibía a nadie a esa hora. Ya había venido un par de veces antes. Sólo entraba y salía. Elisa Retamero, viuda de Caballero, imponía una actitud de acatamiento esa mañana. Algo había en ella de decisión terminal que María Isabel no se atrevió a contrariar. La guió, en un gesto de cortesía que la visitante no apreció, a lo largo de las dos galerías y los patios donde algunas inquilinas lavaban ropa y muchos niños jugaban sin que Elisa esbozara siquiera un saludo. Al llegar frente a la habitación, María Isabel golpeó con cuidado con los nudillos el vidrio de la puerta acercando el oído al mismo tiempo.

—Quizás haya salido —susurró una explicación después del segundo intento.

Por toda respuesta, Elisa la apartó, apoyó un hombro sobre el parante[10] de la puerta y con fuerza empujó con un solo golpe seco que descalzó inmediatamente el pestillo interior. La puerta se abrió y una vaharada de mugre rancia envolvió a las dos mujeres.

María Isabel se retiró. «Que se arreglen», debió de pensar.

Candelaria había vomitado esa madrugada al llegar, como muchas veces le ocurría, para después caer en un sueño pesado del que se negaba a despertar. El golpe de la puerta la sobresaltó. Elisa vio un bulto sobre esa cama que seguramente llevaba días sin extenderse decentemente. Se dio cuenta de que esa mujer, apenas incorporada sobre un codo, no la reconocía, probablemente por el contraluz. Se acercó despacio, dándole tiempo. Se paró al lado de la cama y esperó un instante antes de desahogarse:

—Candelaria, no puedo más.

La voz intensa de Elisa la terminó de despabilar. Estiró el brazo para encender la luz del velador, pero inmediatamente recordó que la última bujía[11] se había roto la noche anterior. Se levantó y se puso una bata sobre el camisón. Le avergonzaba su pobreza, la roña, el mal olor, el descuido al que ella se había ido acostumbrando, bajando escalón tras escalón, aceptando derrota tras derrota. Recogió del suelo algunas prendas que había tirado al suelo antes de acostarse, pero renunció enseguida. Esta porquería de vida que tenía no era la ropa en el suelo. Era mucho más que eso. Su dignidad estaba en el suelo, sus planes, el derecho a llevar la cabeza alta, eso es lo que estaba en el suelo.

---

[10] Marco.

[11] Bombilla.

—¿Dónde está tu sobrino? —preguntó Elisa mirando el colchón vacío.

—No sé por dónde anda —contestó Candelaria reparando recién en ese momento en la ausencia—. Nunca sé dónde está Juani, al que prometí cuidar y mandar a la escuela. Así son las cosas en mi vida. ¿Qué te pasa ahora? Si me traes algo, déjalo encima de la mesa y te vas. Tengo que hacer.

Elisa no estaba en condiciones de apiadarse de nadie.

—No te he traído nada hoy. Vine porque me estoy volviendo loca —susurró con un puño sobre el pecho—. Al principio creí que podría soportarlo, pero ahora me ha quitado a los chicos. Dice que no estoy en condiciones de cuidar de ellos en mi estado. Los ha llevado a una escuela de las afueras, internos. Tengo miedo de que haga conmigo lo mismo que con...

—¿Quién te está haciendo eso? —cortó Candelaria.

—Mi cuñado.

—Es una porquería ese hombre, pero yo no puedo ayudarte.

—Por favor —lloriqueó Elisa.

—Tampoco quiero que me cuentes nada.

—Me ha quitado también los remedios. Ni uno me dejó. Los escondí lo mejor que pude, pero me revisa todo. Por eso estoy alterada. Me amenaza. No puedo vivir así más. Necesito hacer algo.

Elisa sollozaba aferrada a un pañuelito de puro algodón blanco con los puños crispados. Se sentó en la cama sin importarle el mal olor ajeno mientras salían de su pecho gemidos de sufrimiento intenso. Se echó hacia atrás y apoyó la cabeza en la almohada. Candelaria comenzó a asustarse. Lo único que quería era sacar de aquí a esta mujer descompuesta y no tener que dar explicaciones. Abrió la puerta del cuarto y se asomó al patio en un intento de buscar algo de ayuda, pero se encontró con la mirada impertinente de un grupo de vecinas cuchicheando frente a la pileta de lavar. Percibían un drama y estaban a la expectativa. «Son carroña», pensó Candelaria, y cerró la puerta con fuerza. Buscó un vaso y alcanzó algo de agua a Elisa, que se lo agradeció.

Apenas vio que recuperaba el aliento, Candelaria dijo:

—Tu cuñado fue a verme después de la visita forzada a tu casa. ¿Lo sabías?

Elisa negó con la cabeza.

—No sé qué cree él que yo sé, Elisa, ni qué le contaste sobre mí, pero se está protegiendo muy bien, por si acaso. Me amenazó —dijo, mientras se ponía ambas manos alrededor del cuello—, por varios días tuve las marcas.

—Me obligó a contarle todo sobre las personas que estaban cerca de mí en el barco. Por eso sabe tu nombre. Y, luego, te vio saliendo por el portón el día que yo te hice llevar a casa. Mala suerte. Le preguntó a Pedro y él se lo contó.

—¿Y por qué no le contaste sobre el pastor ese, Lagos o Laguna, que estaba siempre poniendo las manos encima de todo el mundo?

—También le conté. Pero ese hombre predica por los pueblos y no se lo encuentra fácilmente.

—Bueno, Elisa, no quiero saber nada más. Lo único que se me ocurre sugerirte, si tienes miedo, es que busques al juez y le cuentes.

—El juez ya no está.

—¿Adónde fue?

—Tuvo un accidente. Lo atropelló un carruaje y está en el hospital. Grave, tengo entendido. Escuché una conversación entre Pedro, el chófer, y mi cuñado.

Candelaria carraspeó.

—Un accidente —repitió Elisa sin inflexiones en la voz.

—Entonces, con más razón, voy a pedirte que te vayas. Yo no puedo ayudarte de ninguna forma. Lo único que conseguiría escuchándote es involucrarme y Juani, aunque no me ocupe mucho de él, es todavía mi responsabilidad, ¿entiendes?

Elisa se llevó las manos a la boca como si quisiera cubrir las palabras que estaba por pronunciar:

—Necesito quedarme aquí por unos días.

—Estás completamente loca. No has entendido nada de lo que te dije —respondió Candelaria.

—Necesito salir de esa casa. Cualquier lugar es mejor ahora que eso. Cualquiera. Tengo miedo.

—Yo también tengo miedo y quiero que te vayas ahora.

Elisa le atrapó una mano acercándola a su boca para besarla.

—Te lo ruego por lo que más te importe en el mundo —murmuró.

Candelaria desprendió la mano con brusquedad, dio los tres pasos que la separaban de la puerta y la abrió con gesto decidido sin importarle esta vez las miradas fisgonas. Miraba al suelo con terquedad porque no quería dejarse convencer. No quería que Elisa la hiciera sentir más miserable de lo que ya se sentía y, sobre todo, no quería comprometer su situación.

Elisa se levantó lentamente e intentó arreglar la posición de su sombrero, alisar la falda, erguirse un poco. Con su pañuelito borró las huellas de lágrimas. En el umbral se detuvo un instante y con una voz nueva dijo:

—Sabes que María bajó del barco dentro de uno de mis baúles.

Candelaria agachó la cabeza en un gesto de agotamiento e impotencia.

—Lo imaginaba. No lo sabía —susurró.

—Sí lo sabías —desafió Elisa—. Lo supiste el día que viniste a despedirme antes de atracar. Lo vi en tu cara, en tu expresión, cuando miraste por encima de mi hombro, hacia adentro de mi camarote. Y tu sobrino, ese mocoso maleducado, también debe de haberla visto.

Candelaria cerró la puerta con Elisa adentro.

—No vimos nada. De haber visto algo, te habríamos denunciado.

—No me denunciaste porque no querías problemas con la policía. Tu sobrino Juani está aquí sin los papeles en orden —acusó Elisa, virulenta—. Y, además, ¿por qué estás aceptando mi dinero?

—Nunca te lo pedí.

—No, pero no me lo has devuelto.

Se produjo un silencio. Luego prosiguió en un tono neutro, vencido. Ya no había desesperación ni dramatismo, ni llanto en la voz.

—María entró en mi camarote mientras yo intentaba divertirme un poco con el baile. Tomó por su cuenta un frasco entero del remedio que yo le daba a gotas, se metió dentro de un baúl y se quedó dormida. Creí que estaba muerta, Candelaria. Por eso no llamé a nadie. Fue una noche espantosa. Un infierno. Escuchaba los pasos de la gente buscándola, corriendo por los pasillos. Luego, recordé algo que mi marido decía sobre esos medicamentos. María estaba drogada, profundamente dormida, sin reflejos y con escasa actividad cerebral y así podía llegar a permanecer durante uno o dos días, según la dosis que hubiera ingerido. Podía, incluso, llegar a pasar por muerta fácilmente frente a los ojos de cualquiera. Vinieron a registrar mi camarote, pero echaron un vistazo y se fueron.

—¿Y tus hijos?

—Mis hijos, en el camarote contiguo, no se enteraron de nada.

Candelaria, sentada en la cama, apoyó la cabeza sobre las palmas de sus manos, los codos en las rodillas y escuchó en silencio lo que siempre había sospechado.

—¿Qué pasó después?

—Al día siguiente desembarcamos. Tapé a María con algunos trapos y cerré el baúl antes de bajar. Mi cuñado me estaba esperando con dos coches y partimos sin despedidas, lo más rápido que pudimos.

—¿Qué le dijiste?

—Ramón había preparado la casa de huéspedes para alojarme y eso me dio respiro por unas horas, pero María despertó y..., finalmente, tuve que contar todo lo que había ocurrido.

Elisa hizo una pausa.

—Es difícil hablar de aquel día. María estaba andrajosa, sucia, debilitada, más atontada que nunca por causa de la droga y de haber estado encerrada en el baúl. Gritaba como un animal, se arrancaba la ropa, andaba a cuatro patas, no podía ponerse de pie. Cuando mi cuñado vio eso, se transformó en un ser que yo no conocía. No tenía que ver con la furia por sentirse engañado. Eso lo hubiera entendido. Era otra cosa que no puedo explicar. Sacó a todos los chicos de la casa y hasta a su propia mujer. Les dijo que se fueran a la de unos parientes hasta la noche. Quedamos él, María y yo.

Elisa volvió a callar. Pasó una mano por la frente como para borrar malas memorias.

Candelaria se masajeó el cuello. Sirvió más agua en el vaso y se lo alcanzó a Elisa.

—Quisiera sacar esas imágenes de mi cabeza, pero creo que me acompañarán siempre. Y, luego, están los remordimientos que no me han dejado en paz. La cara de esos chicos corriendo por los corredores del barco gritando el nombre de su hermana. El desamparo en que quedaron cuando todos nos subimos a un carruaje o echamos a caminar con nuestros bolsos.

—¿Qué pasó después?

—Ramón hizo que me llevaran a una casa que tienen en el campo y allí pasé unos días sin ver a nadie, sin saber dónde estaban mis hijos ni qué sería de mí. Perdí la conciencia del día y de la noche. Deambulaba por los alrededores de la casa acompañada por fantasmas que me hablaban sin cesar. Las voces surgían desde los rincones y me hacían perder el equilibrio. Yo corría en todas las direcciones tratando de encontrarlos, de identificarlos y preguntarles por qué me perseguían, quién los había enviado y cuál era mi castigo. Estaba dispuesta a pagar con mi vida con tal de que dejaran de hablar. Hablar, sabes, no hubiera sido para tanto, pero cuchicheaban a mi lado, gemían en la oscuridad, lanzaban risotadas a mis espaldas. A veces sentía que me rozaban con un dedo. Eran varios, no menos de tres o cuatro, todos con voces distintas. Enloquecí en aquella casa en medio de un páramo. Una tarde, vino Pedro a buscarme y sin una palabra, sin una explicación, me llevó de regreso a la casa de Ramón. María ya no estaba.

—¿Qué habían hecho con ella?

—No pregunté, Candelaria, no me animé y nadie hizo un solo comentario. Todos fingimos que aquello no había ocurrido y empezamos una nueva vida.

—¿Y por qué no sigues así? No desperdicies casa, comida, dinero para vestidos y sombreros y escuela para tus hijos. Mírame a mí, Elisa, y piensa: ¿tú qué puedes hacer por María? Ese tema se terminó. El juez, Dios mediante, se va a morir y su amigo tiene su propia vida. Punto final para este asunto desgraciado. Vete a tu casa y haz como que nada pasó, ni pasa, ni va a pasar. Tus hijos vuelven, tu cuñado se calma y tú, si tienes suerte, encuentras un marido y comienzas de nuevo a vivir.

—Anoche... —murmuró Elisa que no estaba prestando atención a los trazos gruesos con que Candelaria pintaba la situación— escuché una conversación entre Pedro y Ramón.

Juani estuvo sentado en el suelo, junto a la puerta, durante un largo rato. Eso mantuvo a los vecinos alejados. De no haber estado él escuchando la charla de esas dos mujeres, alguien más lo habría hecho de seguro, porque la vida privada de Candelaria era un misterio jugoso para muchos. Pero él montó guardia como un carcelero celoso.

Cuando venía subiendo de a dos los escalones, María Isabel le había gritado: «Tu tía tiene visitas. Otra vez esa señorona que no sé a qué viene. Más vale que pases por el lavatorio antes de entrar. Arregláte esos pelos y laváte las manos por lo menos».

«¿Otra vez la viuda?», pensó Juani, desoyendo las indicaciones.

Su tía no recibía visitas de ningún tipo. No tenía amigas ni parientes, que si los hubiera tenido, a lo mejor no habría terminado trabajando de noche.

Llegó hasta la puerta con cierta precaución porque, como siempre, se había retrasado y eso, con toda seguridad, traería una felpeada[12], aunque había llegado a la conclusión de que su tía lo retaba a cualquier hora que llegara. Por un breve momento, consideró el consejo de lavarse, pero rápidamente lo desechó. No valía la pena. Pero lo que sí podía hacer en su propio favor, era no interrumpir. Para cuando la visita saliera, él podía decir que había llegado a la hora indicada, pero que no entró para no molestar. Satisfecho con su coartada, se sentó en el suelo, a lado de la puerta. Sacó su hatillo de figuritas del bolsillo y las colocó ordenadamente en el suelo. Eran bonitas, con muchos colores, y relataban una historia de piratas, pero como él no sabía leer, no podía ir más allá. «No importa —pensó—, ya voy a aprender».

Entonces, oyó la voz a través de la puerta.

Juani se preguntaba si los que estaban en el patio alcanzaban a oír. Fingió prestar atención a sus figuritas acomodándolas de distintas formas, porque no quería que nadie pensara que estaba fisgoneando.

El relato angustiado, desgarrador, entrecortado por los sollozos, lo dejó atónito. Por momentos se le hacía difícil entender porque Elisa callaba ahogada por el llanto y, entonces sólo se oía la voz de su tía o, simplemente, silencio.

Cuando hubo escuchado lo suficiente, salió a la calle, urgido por un solo pensamiento.

---

[12] Reprimenda.

VEINTITRÉS

Habrían pasado dos días desde mi encuentro con Juani cuando Encarna me avisó de que había llegado un telegrama. Estaba dirigido a Blas, porque él era el autorizado a abrir toda la correspondencia, pero inmediatamente nos lo leyó.

El telegrama era de don Juan y decía: «Modesto grave. Gangrena. Posible amputación».

Eran las diez de la mañana, de eso me acuerdo porque me fijé en la hora y, sin pensarlo, decidí que saldría para la capital en el tren de las doce del mediodía. Blas me frenó.

—No te ofendas, Josep, pero creo que yo le sería de más utilidad a don Juan. No es la primera vez que hago trámites en la capital y, además, seguro que necesita dinero y voy a llevárselo.

Corrí tras él. Tenía que convencerlo. Yo no quería ir a hacer trámites. Yo, sencillamente, tenía que ver al juez una vez más, mirarlo a la cara y agradecerle lo que había hecho por mí. De repente, lo más importante, ya sea que muriera o viviera, era mirarlo a la cara. Rogué a Blas mientras lo seguía por la galería correteando detrás de él, a su lado o adelantándome unos pasos, sin dejar de andar, yo hacia atrás, él sacudiendo la cabeza con terquedad.

—Blas, por favor, usted sabe lo que el juez y don Juan están haciendo por nosotros. Haré lo que me pida. Mire, tengo mi propio dinero acá en la media, puedo dormir sentado varios días, no voy a molestar, hablo poco, como poco, por favor, déjeme ir.

Blas se paró frente a la puerta de su habitación, abrió los brazos y los dejó caer a los lados de su cuerpo con un suspiro de fastidiada resignación. Puso la mano sobre el picaporte, abrió y dijo:

—Bueno.

Luego se metió en su cuarto y cerró. Me quedé frente a la puerta cerrada, no muy seguro de si había escuchado bien, preguntándome qué debía hacer a continuación. Entonces, salió y, asomando parte del cuerpo afuera, dijo:

—Saldremos en el tren de las siete que va directo. Llevá abrigo y una muda de ropa. Avisa a Encarna que prepare algo para comer en el viaje.

Dicho esto, volvió a cerrarme la puerta en la cara, pero ya no me importó.

Mientras yo intentaba convencer a Blas, Encarna había ido a buscar a Francisco, que vino corriendo para ordenarme que no viajara a ninguna parte. A eso vino.

Le expliqué de la forma más calmada que pude que la persona que nos estaba ayudando generosamente a resolver el problema más grande de nuestras vidas se encontraba grave y yo quería estar con él. Tenía una necesidad física de estar con el juez, de sentarme en una silla al lado de su cama y permanecer allí el tiempo que hiciera falta.

Francisco se puso furioso y dijo que mi obligación era atender mi trabajo, obedecerlo, quedarme cerca de la familia y que de dónde había sacado yo la idea de que tenía que ayudar a todo el mundo. Dije que el juez Modesto Valero estaba con un problema de salud grave y que, habiéndonos dado tanto, lo menos que podíamos hacer los Centenera era ofrecerle un poco de compañía y, de paso, aliviar a don Juan, a quien también le debíamos un par de favores. Entonces, Francisco me dijo que se cagaba en el juez Modesto Valero y en don Juan Parelló. En los dos.

Procuré no enojarme por su grosería. Sencillamente, di media vuelta y lo dejé con su enojo a cuestas. Mi hermano trataba de no perder la autoridad que había adquirido con la muerte de papá pero yo, con mis dieciséis años, estaba listo para despegar.

Cuando entré en la cocina, Encarna se secaba las lágrimas. Había oído la discusión nuestra o había tenido la suya propia de camino a casa. O quizás, las dos cosas.

—Él es así, Encarna. Parece mal carácter, pero es dolor —expliqué.

Ella sonrió sin separar los labios y asintió con la cabeza. Luego, palmeó dos veces la mesa para que me sentara frente a ella. Le conté que viajaría con Blas. Le pedí que guardara en su habitación la carpeta que don Juan me había encomendado, aunque no sabía qué iba a hacer con ella. Que se cuidara le recomendé, y que no se preocupara porque todo iba a andar bien. Esas cosas que los que parten les dicen siempre a los que se quedan. Luego, alcancé sus manos con las mías por encima de la mesa y el apretón de sus dedos suaves y frescos me reconfortó. En aquellos momentos, creo recordar que casi me dolía más la suerte del juez que la de María, más que la decadencia de mi propia familia que se derrumbaba como un muro sobre mí. Hundí la cara sobre los brazos extendidos. No para ocultar las lágrimas, que no había, aunque bien me habrían venido, sino para descansar. Encarna desasió una de sus manos, la posó sobre mi cabeza y me revolvió el pelo lentamente y con suavidad.

Todavía hoy, que alguien me revuelva el pelo calma todas mis penas.

Entonces oímos una carrera desordenada, gritos desaforados provenientes de la galería. Nos pusimos de pie alarmados, pensando no sé en qué desgracia, y apenas había yo abierto la puerta de la cocina, Juani irrumpió y se escabulló por debajo de mi brazo seguido de una enfurecida Imelda que, aunque ahogada por la carrera, no ahorraba palabrotas. Encarna, que no lo conocía, retrocedió asustada mientras el chico corría alrededor de la mesa esquivando manotazos.

—Josep, tengo algo que decirte —gritó mirándome alternativamente a mí y a Imelda.

Un estremecimiento recorrió mi espina dorsal. Alcé una mano con los dedos abiertos en dirección a la mujer, pero sin quitar los ojos de los de Juani. Los dos se pararon en el acto.

Con movimientos tranquilos, Encarna le acercó una silla. Imelda salió disgustada por la desautorización.

Me senté y con un gesto invité a Juani a imitarme. Él se sentó de costado, apoyando sólo un cachete sobre la silla, como si la inquietud no le permitiera ponerse cómodo. Estiró el cogote por encima de la mesa y ahuecó su mano al costado de la boca con el gesto del que va a contar un secreto.

—María está viva —susurró.

Encarna se cubrió la cara con las manos, ahogando un sollozo. Yo permanecí en silencio, sin comprender, sin creer, sin querer creer, no sé. Mi cabeza daba vueltas y estoy seguro de que, de no haber estado sentado, me habría caído. Mi cuerpo perdió toda la fuerza. Hasta dudé de haber entendido bien. Entonces, Encarna me abrazó y dijo: «Algo me lo decía dentro de mí, bendito sea Dios».

Con voz temblorosa, Juani comenzó a relatar la conversación que había escuchado tras la puerta de su tía.

—¿Dónde está? —pregunté sin fuerza.

—En el hospicio de vagos y retrasados mentales de Monteviejo. No está lejos de aquí. Como a dos horas. El cuñado de Elisa la hizo llevar allí con la orden de que nunca lo molestaran por ninguna razón. Él se encargaría de que les llegara un dinero todos los meses, siempre y cuando su nombre no figurara en ninguna parte. Ni el de él ni el de tu hermana. Pero ahora, como el edificio va a ser agrandado o remodelado, algunos de los enfermos tienen que ser trasladados a otro lado y, entonces, se pusieron en contacto con la familia para que se hicieran cargo de la chica. Mañana la van a ir a buscar.

Y añadió con urgencia:

—Josep, tenemos que llegar antes que ellos.

Todavía hoy, después de tantos años, me resulta difícil hablar de los sucesos de aquel día. No es que no los haya registrado, pero no consigo ponerlos en orden y relatarlos con coherencia. Recuerdo, eso sí, que, de pronto, la debilidad me abandonó y una energía extraordinaria me puso en pie. Corrí hasta el cuarto de Blas, seguido por Encarna y Juani, y abrí la puerta sin llamar. Como pude, ahogado por la emoción y el llanto, le dije lo que nos pasaba. Hablábamos los tres juntos por momentos mientras el atónito Blas se ponía los pantalones. El hombre hizo tres o cuatro preguntas precisas, se pasó las manos por el pelo y dijo: «Encarna, la carpeta, que vamos a la comisaría».

El nombre de Modesto Valero fue suficiente para que el comisario Romero nos atendiera sin demoras y nos escuchara con atención. Después de leer la carpeta y hacer una media docena de preguntas a las que respondimos a su entera satisfacción, puso manos a la obra. Afortunadamente, era una hombre de decisiones rápidas, muy ejecutivo. Entendió que era de suma importancia moverse con rapidez. En menos de una hora, tres agentes de policía fueron enviados a la dirección de Ramón Caballero que figuraba entre los datos de la carpeta, y un carruaje cargado con el comisario, Juani, dos policías y yo partía rumbo al hospicio.

Encarna se ocupó de ir a hablar con mis hermanos y de pedir una llamada de larga distancia con don Juan.

Durante el viaje, que duró dos horas exactamente, el comisario nos hizo muchas preguntas y volvió a leer la carpeta con detenimiento. Dijo también que nos preparáramos porque no se verían cosas agradables en ese lugar.

De haber sabido algún rezo, lo habría pronunciado.

Las autoridades del hospicio no estaban preparadas para las visitas y, menos, para la presencia de la ley. El edificio era un mastodonte de tres pisos de paredes lisas, grises, con ventanucas enrejadas y un descomunal portón, gris también, con una mirilla. Supe con el tiempo que aquel espantoso lugar tenía una salida por la parte de atrás para sacar, sin que nadie los viese, a los pacientes que morían, cosa que resultaba totalmente irónica, dado que el hospicio estaba enclavado en medio de la nada.

Las hojas del portón se abrieron de muy mala gana mientras un ejército de enfermeras y enfermeros intentaba poner orden a medida que avanzábamos detrás del comisario. Una mujerona de la orden de Santa Julia con el rango de enfermera jefe nos guiaba como si fuéramos su séquito, abriéndose camino a través de una turba de hombres encorvados y tambaleantes de cabellos largos y barbas crecidas, con crenchas[13] recortadas a tijeretazos desparejos, las uñas mugrientas, las bocas babeantes y sin dientes. Algunos parecían pordioseros andrajosos, vestidos tan sólo con un trapo con dos agujeros para los brazos y los bordes deshilachados. Muchos de ellos reían por la novedad de la invasión, encantados de ver a sus carceleros presurosos, asustados y sumisos ante la autoridad de alguien de fuera. Cada vez eran más los que se unían a la caravana de curiosos. Venían detrás de nosotros aplaudiendo desmañados y lanzando carcajadas y aullidos, dando voces entre ellos y haciendo gestos obscenos, sin que nadie pudiera detenerlos. Los encargados de las salas, debidamente uniformados, dejaban pasar las burlas de esos seres abandonados, sin castigo ni reprimenda o, al menos, posponiéndolos. Para esos prisioneros, el efímero momento de la revancha era aquél y no habría otro.

Detrás del comisario Romero, veníamos Juani y yo con los dos policías escoltándonos, cada uno con una mano sobre nuestros hombros. Yo estaba aterrado. No tenía idea de que pudiera existir un lugar así. Me preguntaba cómo podía mi hermana haber resistido esa pesadilla, cómo reaccionaría

---

[13] Mechón de pelo sucio.

al vernos y, lo más importante, lo que en el fondo no me atrevía a poner en pensamientos, si en verdad estábamos caminando hacia ella y no era esto otra horrible equivocación. Ya no podía recordar cuánto hacía que llevaba el miedo a cuestas. Miedo a diferentes cosas, personas, situaciones. Pero a todo me había acostumbrado, con todo había aprendido a convivir. Éste, en cambio, era un miedo nuevo, cerval, que me producía un dolor agudo en la nuca y me nublaba los ojos. Caminaba porque alguien me estaba sosteniendo, porque la caravana me llevaba, porque detrás de mí venían los locos empujando con sus gritos y sus risas grotescas.

Tras cruzar un patio con piso de cemento, sin ninguna señal de vegetación y altísimos paredones terminados en alambre, entramos en el pabellón femenino, siempre detrás de la enfermera jefe que, al pasar a cada recinto, tenía unas breves palabras y un cambio de miradas con el que estuviera a cargo. Inmediatamente, las puertas se nos franqueaban.

Las mujeres no estaban mejor. Viejas y jóvenes apretujadas en celdas que llamaban cuartos o salas, echadas sobre jergones inmundos y malolientes, las miradas ausentes, las sonrisas desdentadas y las mismas expresiones de alegría por la visita. Atravesamos incontables pasillos que conducían a nuevos pabellones o salas más pequeñas, y a nuevos pasillos más angostos, más oscuros, más lóbregos cada vez. Detrás de algunas puertas cerradas con candados se escuchaban voces mezcla de lamentos y gritos, golpes de puño y arañazos. Recuerdo que me pregunté si gritarían así continuamente o sabrían de alguna manera que algo estaba pasando. De repente, la enfermera jefe se detuvo, abrió una puerta, entró en una habitación a oscuras y señaló hacia un rincón. A través de una ventana pequeña y enrejada entraba algo de claridad. Me adelanté unos pasos.

Cesó la agitación, el correteo, el apresuramiento. Espontáneamente cesó. Hasta los más idiotas parecieron percibir que ése era el fin del recorrido y un reguero de silencio recorrió la caravana de adelante hacia atrás, hasta que el último sonido se apagó.

¿Qué había allí, en la penumbra, en la quietud maloliente de esa guarida? ¿Qué era eso? ¿Un ser humano?, ¿mi hermanita? Mis ojos, poco a poco, fueron percibiendo algo.

¿María?

El comisario, los agentes y Juani, unos metros más atrás, esperaban expectantes.

¿Podía *eso* ser la niña?

¡Ay, Dios! Tardé en reconocerla. No parecía tener más de seis o siete años ese ser humano. También tenía la mirada insana que habíamos visto en los que nos correteaban felices. Pero esta chiquilla no estaba allí. Su mente había dejado ese rincón sucio, ese sitio vil, ese cuerpo maltrecho.

Le miré las manos. Era mi María.

Estaba echada en el suelo, en un rincón, encogida en posición fetal, con los brazos alrededor de sus piernas, descalza, vestida con un ropón gris que podría haber envuelto a tres más como ella. Aunque mantenía los ojos cerrados, su cabeza oscilaba en un movimiento leve y lento pero continuo, de arriba abajo, de arriba abajo. Me acerqué despacio y me acuclillé junto a ella. Fue el silencio quizás, algo a lo que no estaba acostumbrada, o mis pasos, o un olor diferente, vaya uno a saber qué fue lo que la hizo abrir los ojos y levantar la cabeza hacia mí. Sin tocarla ni hablarle, me senté en el suelo. Entonces, vino a mi mente la vieja nana con que mamá la tranquilizaba por las noches y, aunque soy muy torpe de oído, comencé a canturrear sin separar los labios. María dejó caer los párpados lentamente y yo la abracé. La sentí estremecerse. Poco a poco, un llanto ronco, desgarrador, fue ganando su cuerpo debilitado. La mantuve ceñida a mí durante largo rato, hasta que sentí que podía soltar lágrimas angustiadas y dolientes, pero liberadoras.

La saqué de allí en brazos.

María sobrevivió al infierno. Pasó un tiempo en un hospital y luego fuimos todos a vivir a una casa. Algunas marcas profundas en su cerebro nunca se borraron, pero disfrutamos juntos muchos años.

Tuvimos que reorganizar nuestras vidas, aprender a pedirnos perdón, a amigarnos con nosotros mismos, a despojarnos de la desconfianza que se nos había pegado a la piel, a dejar atrás la culpa, el miedo y a esperar. Esto último fue lo más difícil. Pero el tiempo, gran curador, restañó muchas heridas y nos ayudó a formar nuestras propias familias.

El juez Modesto Valero conservó sus dos piernas y se quedó a vivir en casa de don Juan Parelló. Les debo buena parte de lo que soy.

Juani, ese niño valiente que reía sólo los sábados, llegó a ser abogado.

Encarna es amiga mía. Y lo será para siempre.

Candelaria murió una madrugada en una riña.

Los responsables pagaron: Elisa, viuda de Caballero, fue arrestada y pasó un año presa. Su cuñado, tres. Le hubieran correspondido cinco, pero tenía sus influencias y pudo librarse de parte de la condena.

Jamás los Centenera hemos vuelto a jurar.

ÍNDICE